JN230995

「あなたの配下に加えてください、魔王様」
ティニーは即答した。

「ふん、よく分かってるじゃない」
彼女こそ、この学園の勇者候補生序列一位、
アリアドネ・バラードなのだと。

二人で向かい合い、再び魔剣を構え直す。
お互いに退けない理由を胸に秘め、
助けたいと願った相手を
打ち倒すために。

「あなたから叩きのめすわ、ティニー‼」

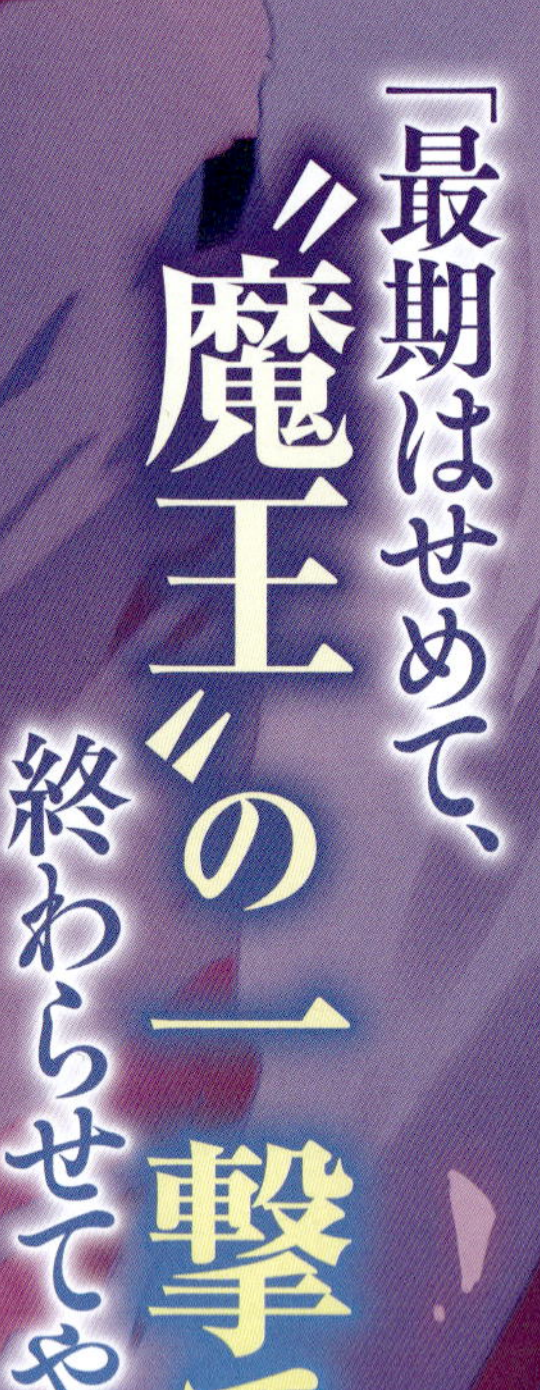

ルーカスは漆黒の剣を、空へと掲げる。

CONTENTS

転生魔王と勇者候補生の学園戦争

～伝承の魔王様は千年後の世界でも無双するようです～

ジャジャ丸

GA文庫

カバー・口絵・本文イラスト
チワワ丸

プロローグ

神話の時代。ガレリア大陸の西の果てには、人類が誰一人として足を踏み入れられない魔境が存在した。

気まぐれに巻き起こる竜巻。荒れ狂う雷が雨のように降り注ぎ、地下で蠢く灼熱のマグマが大地の呼吸であるかのように定期的に噴き出す地獄の地。

そんな場所に生きる者達は、当然ながら誰もが〝強さ〟を求められた。

厳しい自然環境を耐え凌ぐための、屈強な肉体。

他者を薙ぎ倒し、限られた食料を確実に手に入れるための圧倒的な力。

そうして生まれた異形の者達を、やがて人は〝魔族〟と呼称した。

人とは異なる容姿。人とは異なる圧倒的な力を持つ魔族達を人々は恐れ……魔族もまた、自らの故郷とは比べものにならないほど平和で肥沃な東の大地に強い憧れを抱く。

その恐怖と羨望が衝突し、互いの生存を懸けた戦争へと繋がるのに、さほど時間はかからなかった。

終わりなきその争いの中で、人類は考える。どうすれば、魔族達の戦意を挫き、西の果てへとその軍勢を追い払うことができるだろうかと。

やがて彼らは気付く。魔族達が皆一様に〝王〟と崇める、最強の魔族が存在することに。

その魔族を……〝魔王〟を打倒し、強さこそを信望する魔族達の心をへし折れば、戦争が終わるかもしれない。

そんな一縷(いちる)の望みに懸け、西の果てへとやって来たのが、人類最強にして最後の希望。〝勇者〟である。

「うおぉぉぉ!!」

剣閃が煌めき、怒濤の光が放たれる。

石造りの荘厳な城がただの一撃で両断され、聳(そび)え立つ尖塔の一つが音を立てて崩れ落ちた。

自らの住処(すみか)だったその場所が、見るも無惨な廃墟の山へと変じていくのを眺めながら、しかしその城の主(あるじ)……〝魔王〟ルーカスは愉(たの)しげに笑ってみせる。

「ふはははは!!　いいではないか、勇者よ。配下の連中が必死に築いた防護結界を容易く斬り裂くとは、また腕を上げたようだな」

「全く無傷のお前がそれを言うか!!　いい加減倒れろ、魔王!!」

石屑と化した城の残骸を裂帛(れっぱく)の気合で吹き飛ばしながら、〝勇者〟ガルフォードはルーカスへと突っ込んでいく。

次々と繰り出される、神速の斬撃。ひと振りひと振りごとに剣から放たれる聖なる光が闇(やみ)を引き裂き、邪悪を滅せんとルーカスを襲う。

だが、それら全(すべ)てをルーカスは素手で受け止め、その体はもちろん、手のひらにさえ血の一滴も流れていなかった。

「この程度で倒れろとは、無茶なことを言う。悪いが、そのように正面から挑むだけでは、俺(おれ)は殺せんぞ？　お前もそれをよく理解しているはずだ」

「当たり前だ、俺が何度お前に挑んできたと思っている⁉」

魔族と人間との間にある力の差は、残酷なまでに大きい。

単純な生まれついての身体能力から始まり、戦闘に特化した特殊能力――〝異能〟を備えている魔族と違い、人には何の力もない。たとえ〝最強〟を背負ってこの場に立っている勇者であろうと、その差を埋めることなど到底敵わない。

事実、ガルフォードがルーカスへ挑んだ回数も、もはや両手の指の数では足りないほどであり、その全てで無惨に敗北を重ねている。

それでも、人はただ魔族に狩られるだけのか弱い存在ではない。

それを示すように、ガルフォードは全身に力を込めた。

「《聖剣(エクスカリバー)》アーーー‼」

魔法――魂より滲(にじ)み出た力を肉体という器の中で〝魔力〟として昇華させ、それを操(あやつ)ることで物理法則すら自在に書き換える特殊技能。魔族が持つ〝異能〟を解析して生み出された、人類が唯一魔族に抗し得る切り札だ。

その絶大な光の斬撃が振り下ろされ、辛うじて形を保っていた魔王城が今度こそ完全に崩落する。

しかし、それほどの一撃を受けてなお、魔王ルーカスは倒れなかった。

「良い一撃だ、俺以外の魔族なら、この魔法で間違いなく消し飛んでいただろうな。だが、俺に届かせるにはまだ足りん」

「そうか……ならば、その十倍ならどうだ⁉」

「む?」

土埃が晴れたその場所には、十人ものガルフォードが立ち並び、ルーカスを取り囲んでいた。

その一人一人が剣を構え、先程と全く同じ魔法を放とうと力を溜めている。

「幻覚……ではないな。質量を持った光の分身、その一つ一つに丸一日かけて自分の力を込めることで、同等の力を持った者を十人用意する……と。そんなところか」

「そうだ……‼　この一撃のために十日がかりで準備したんだ、全部纏めてしっかり味わいやがれ‼」

城すら粉々に吹き飛ばす必滅の光剣が十本、容赦なくルーカスへと襲い掛かる。

「《聖剣》アァァァ‼‼」

分身であれば巻き込まれても構わないとばかりに、全てを込めて放たれた斬撃は一つの光の柱となり、常に暗雲に覆われた西の大地に太陽の如き光を灯す。

轟音、爆発。白熱の光が地上を舐め、瓦礫すらも蒸発させる勢いで辺り一面を蹂躙し尽くして……。

「……くそっ、これでも駄目か」

それでもなお、ルーカスは変わらぬ姿でそこに立っていた。

身に纏う漆黒の衣装が少しばかり焦げてはいるものの、傷一つ負っていないのは明らかだ。

強いて変わっているところを挙げるとすれば……その装いと同様、世界のあらゆる色という色を呑み込むほどに不気味な漆黒に染まった剣を、その手に握っているくらいか。

「見事だ、勇者。俺にこの剣を抜かせた者は、百年ほど前の精霊王が最後だった。人類では、間違いなく史上初の快挙だぞ、誇るといい」

ピッ、とルーカスが軽く刃を振るった瞬間、ガルフォードの遥か後方にあった山が一つ、斜めに切断されていた。

いとも容易く地形すら変える凄まじい力に、ガルフォードは苦笑を漏らす。

「だから……無傷で言われても、嬉しくないってんだ……くそったれが……!!」

「……退かないのか？」

圧倒的な力を目の当たりにし、それでも剣を構え直すガルフォードに、ルーカスは問いかける。

いつもなら、切り札を切って倒せなかった時点で、ガルフォードは戦略的撤退を繰り返していた。その見切りの早さがあったからこそ、彼は幾度となく敗北しながらも今日この時まで生き延び、ルーカスと打ち合えるまでに成長したのだ。

にも拘わらず、戦い続ける意思を示すことに疑問を覚えるルーカスへ、ガルフォードは笑みを返した。

「悪いが、今日ばかりは退けない理由ってものがあるんでね……最後まで付き合ってもらうぜ!!」

「ふっ……いいだろう、かかってこい」

ルーカスの剣が放つ漆黒の闇と、ガルフォードの剣が放つ白銀の光が幾度となく交錯し、世界を黒と白に染め上げる。

余人の入り込む余地さえない異次元の戦闘は、しかし長くは続かない。やがて力尽きたように、ガルフォードは倒れ——ルーカスの頬に、一筋の紅い雫が垂れた。

「…………」

自身の頬をそっと撫で、確かに傷を付けられたことに気が付いたルーカスは、ふっと笑みを浮かべた。

漆黒の剣を虚空へと消し去り、ガルフォードの傍らに膝を突きながら、心からの賛辞を贈る。

「見事だ、ガルフォード。この俺に傷を付けるなど、精霊王や龍王……まして神にさえできなかったことだ。お前は紛れもなく、人類最強の勇者だよ」

「だから……お前に褒められても、嬉しくないっての……」

嫌そうな声で返しながらも、ガルフォードの表情はどこか晴れやかだった。

その理由が分からず困惑するルーカスに対し、ガルフォードはゆっくりと言葉を重ねる。

「だけど……俺の手で、傷一つでも……付けられたんだ。だったら……人が魔王を超える日も、いつか来るって、信じられそうだ……」

「飛躍し過ぎだろう。お前以上の人間がこれから先現れるとは、到底思えないが」

「いいや、現れるさ……いつか、必ず……」

「いつかと言わず、お前が超えてみせればいい。俺の力なら、お前の命を繋ぐこともできる」

「ははっ……お前を殺すって言ってる人間を、助けるのか？　本当に……変わった奴だな、お前は。魔王のくせに」

やめてくれと、そう呟くガルフォード。

その瞳には既に生気はなく、先の言葉通り、本当にこの一戦に全てを懸けて挑んでいたのだと、いやでも分からされる。

最初から、分かっていたのだろう。勝とうが負けようが、この戦いで自分が人としての寿命を使い果たすことを。

「百年先か、千年先か、分からないけどな……人が生き続ける限り、絶対に強くなれる……」

「気が長すぎるだろう、百年と生きられない種族のくせに」

「だからこそ、だよ……お前も、そのうち……分かるように、なるさ……人の強さってもんを……」

何もかも見透かしたかのような物言いに、ルーカスは顔を顰める。

しかし、ガルフォードはそんなルーカスの変化にももう気付けない。

焦点の結ばない瞳で空を見上げ……二人の激突によって嵐が吹き飛び、暖かな陽射しが注ぐ晴天を感じて、満足げに笑みを溢した。

「じゃあな、魔王……精々、首を洗って、待ってな……」

その言葉を最期に、ガルフォードは息を引き取った。

限界を超えた力の行使によって体が塵となり、風に巻かれて飛んでいく。

残されたのは、彼が使っていたひと振りの剣だけだった。

「……悪いが、俺はこう見えて気が短いんだ、こんな場所で百年も千年も待っていられん」

パチンと、ルーカスが指を鳴らす。

状態保護の結界がガルフォードの遺品を包み込み、当分の間は何人たりとも足を踏み入れられない清浄な空間を作り出した。

「この俺が自ら、会いに行ってやろう。千年後の世界で、俺を超えるという新たな勇者に」

ルーカスがもう一度指を打ち鳴らすと、その足元に魔法陣が浮かび上がり、肉体を光で包み込む。

他の誰でもない、世界最強の魔王だからこそ扱える、神にも匹敵する超常の力。

〝転生〟の異能だ。

「時を超えるだけでもいいが、それでは味気ないからな。魂ごと人に作り変えて、勇者探しのついでに学び取ってやる。お前の言う、〝人の力〟とやらを。ふふっ、そうすれば、どう足掻いても人では俺に勝てなくなるだろう」

だから、と。

光の中で肉体が魔力に分解され、魂だけになりながら、ルーカスは空を見上げて呟いた。

「精々そこで、指を咥えてみているといい。この俺が、お前の信じた人の〝勇者〟を打ち倒すところをな」

こうして、一つの時代から〝勇者〟と〝魔王〟が消滅し、世界に平和が訪れた。錦の御旗を失ったことで、人も魔族も戦争を継続することができなくなったのだ。

それから、千年の時を経て。

魔王は、復活を果たす。

第一章　復活の魔王と配下志望者

「これを、こうして……ここを、こう……！」

雲一つない夜空の下、朽ちかけた廃教会の中で、一人の少女がブツブツと独り言を呟きながら、地面に複雑な紋様を描いていた。

散乱する本の山や、メモ用紙。それらを横目で確認しつつ作り上げられていくのは、少女が大の字になってもなお足りないほど大きな魔法陣。

どこか不気味に輝く月明かりの中、一心不乱に作業を続けるその姿は、童話の中に登場する悪い魔女のようだ。

とはいえ、その装いまでもが魔女然としているかといえば、そんなことはない。

肩にかけられた紺色のケープは魔法を専門に扱う者の証しだが、身に纏う衣服はまだ十代の学生のそれ。顔立ちもどこか幼さが残り、悪い魔女というよりは小さな魔法使いという表現の方が似合っている。白銀の髪を腰まで伸ばし、緩くウェーブがかった姿だけ見れば、その印象はより強まるだろう。

しかし、少女が持つ碧玉の瞳に宿したあまりにも強すぎる意志の光を目の当たりにすれば、やはりコイツは魔女だったと評価を二転させることになるかもしれない。

「いや、ちょっと違うか……ここはこうで……うぅ、やっぱり古代魔法文字は難しい……でも、理屈は間違ってないんだし、あと少しのはず……」

用意されたメモと本に何度も目を通し、忙しなく眼球を動かしながら手は休むことなく魔法陣を描き続ける。

この作業を始めて何時間になるのか、手はチョークの粉で真っ白に染まり、地面についた膝や手のひらにはいくつもの擦り傷すら生まれていた。

それでも、少女の手が止まることはない。

ただ一つの目的のために動かし続け、やがてそれを完成させる。

「これでよし……!!　媒体の準備もバッチリだし……後は、供物になる魔力と契約の血……!!」

自身の指先をナイフで切った少女は、真紅の血を垂らしながら魔法陣に手を添える。

魔法触媒に限界まで溜め込まれた魔力が、少女の魔力に呼応して溢れ、魔法陣へと注ぎ込まれていく。

その瞬間、魔法陣全体が眩い光を放ち始めた。

「来て、来て、来て……!!」

注ぎ込まれる魔力の量に比例するかのように、輝きもまた強くなっていく。

夜空を純白に染める魔法の輝きに、否応なく期待は高まって……結局、何も起こらずに光は収まっていった。

その結末に、少女はがっくりと肩を落とす。

「また失敗……今回こそはいけると思ったのに……」

深い溜め息とともに立ち上がった少女は、落ち込んだまま片付けを始める。

たった一人、何が悪かったのかと考察を重ねながら作業を続け……ふと。

不穏な気配を感じて、少女は振り返った。

「誰(だれ)？」

いつの間にか、少女は複数の男達に取り囲まれていた。

全員が全身を覆(おお)い隠す真っ黒なローブに身を包み、手には戦闘用に改造された魔法の杖(つえ)——魔剣が握られている。

魔法を発動するための媒体である〝杖〟と近接戦闘用の〝剣〟を融合させたそれは、この時代で戦闘に携わる者であれば誰もが持つ基本装備だ。どう考えても、これからお友達になろうという人間が持つようなものではない。

そんな物騒な得物を構える彼らに、少女はどこか呆(あき)れ顔で口を開いた。

「また、お父様が雇った自作自演の暗殺者か何か？　悪いけど、そんな脅しなんかで私がこの実験をやめるつもりはないって、お父様には何度も……っ」

一番可能性が高そうな〝心当たり〟を尋ねるも、返ってきた答えは鋭く飛来する魔法の一撃だった。

光が瞬いた次の瞬間には相手を貫く殺傷性の高い魔法、《雷槍（ライトニングランス）》。思わぬ攻撃を身を捻ってギリギリで躱した少女は、背筋に冷たいものが走るのを感じながら、自らも魔剣を構え応戦する。

「《闇弾（ダークバレット）》……!!」

剣先に浮かんだ魔力が漆黒の弾丸となり、最初に攻撃を仕掛けてきた男へと放たれる。

男がそれを回避した隙に、すかさず懐（ふところ）に飛び込んで剣を振るうのだが……即座に他の男が割って入り、魔剣で防がれてしまう。

足を止めるわけにはいかないと、鍔迫り合いを拒絶して距離を取るが……それを予期していたのか、男達の魔法が一斉に襲い掛かる。

「《氷槍（アイスランス）》」

「《炎槍（フレアランス）》」

「《雷　槍（ライトニングランス）》」

「っ……!?」

三色の魔法が槍のように飛来し、少女は咄嗟（とっさ）に防御姿勢を取る。

最速で飛来した雷の魔法を魔剣で弾（はじ）き、残る二つも何とか致命傷は避けるのだが……代償として、防ぐために左腕と左足を負傷してしまい、身動きが取れなくなってしまう。

　立っていることもできず倒れた少女を、男達は取り囲んだ。

「ティニー・エニクス。悪いが我々と一緒に来てもらう」

「……何の目的か知らないけど、嫌だよ」

　少女……ティニーは、血だらけになった手足を引きずりながら何とか距離を取ろうとする。

　一人一人が決して素人でない暗殺者が、見えているだけで少なくとも四人。既に体は満身創痍で、状況は限りなく悪いと言えるだろう。

　それでも、ティニーの瞳に悲壮感はなかった。力強い意思で男達を睨み、魔剣を握る。

　そんな彼女を、男達は嘲笑った。

「嫌だと言われて引き下がるとでも思うか？　抵抗しなければ余計な苦しみを味わわずに済む、大人しく来るがいい」

　ティニーにとって唯一の救いと言えるのは、男達にはこの場で彼女を殺す意図はなく、あくまで捕縛を目的としているらしいということか。

　それにしては使用している魔法に容赦がないんじゃないかとティニーは思ったが、実際に死んでいないのだからこれも狙い通りなのかもしれない。つまり、大人しく言うことを聞いていれば、この場で殺される心配はほとんどないということだ。

　とはいえ、だから捕まっても大丈夫だなどと楽観視することは、ティニーにはできなかった。

相手の目的にもよるが、ティニーには誰かに誘拐されたからといって、助けてくれる者など誰一人としていないのだから。

「私は、こんなところで死ぬわけにはいかないの。目的を果たすまでは……!!」

間合いを測りながら、反撃の機を窺う。

勝負は一瞬、一度きりだ。男達が取り押さえるために近付いてきたところを、自爆覚悟の広範囲攻撃魔法で諸共に吹き飛ばす。自分が助かるかどうかは賭けになるが、それしかない。

「ふん……気の強いことだが、その余裕がどこまで持つか見物だな」

ゆっくりと練り上げた魔力を魔剣へと注ぎ込み、魔法発動の準備をする。

しかし、ティニーの間合いに入る直前。一人の男が放った魔法が、彼女の手に握られた魔剣を弾き飛ばした。

「そんなに必死に魔剣を握ってたら、何かしようとしてるのはバレバレだぞ。やるならもう少し上手くやるんだな」

「っ……!!」

最後の希望を奪われ、ティニーの表情が絶望に歪む。

そんな彼女に、今だとばかりに男達が飛び掛からんとした――その時。

ティニーの背後で、夜空を白く染め上げるほどの光の柱が立ち上った。

「なんだ、何が起きた⁉」

「分からない、これは……⁉」

突然の事象に男達は戸惑い、ティニーのことを一旦諦めて距離を取る。

一方で、その光を目の当たりにしたティニーはといえば、自分がたった今捕まりかけていた事実さえ忘れるほどの感動に打ち震えていた。

その光の柱が、自分が必死になって描き上げた魔法陣から上がっていることに気付いたのだ。

「あぁ、あぁぁ……‼　ついに、成功したんだ……‼」

ティニーが長年追い求めてきた、究極の魔法。それは、遥か昔に存在した特定の魂を召喚し、この世に復活させる死者蘇生の魔法だ。

成功するはずがない。そもそも、成功するとしても様々な倫理に反する禁断の力だ。

それを承知の上で、ティニーはその魔法の完成を目指し研究を重ねてきた。彼女が持つただ一つの目的――〝魔王〟の復活のために。

『……ふむ？　これはどういう状況だ？』

光が収まった後、そこには黒い炎のような光を放つ一つの霊魂があった。

戸惑うような声はすれど、実体はない。こうした類いの霊魂が、死した肉体に宿りアンデッドとなって疑似的な生を受ける場合もあるが、現時点では何の害もない、ただそこに存在するだけの〝何か〟である。

しかし、頭に響くその〝声〟には、そうと感じさせないだけの強烈な圧のようなものが感じられた。

『人の子として転生するつもりだったのだが……まあ、魂の形は人になっているようだし、よしとしよう。……だが、肉体がないのは流石に不便だな』

　そんな声とともに、絶大な魔力がどこからともなく溢れ出し、渦を巻く。突風が吹き抜け、誰もが反射的に目を閉ざし……次に目を開けた時、そこには一人の少年が佇(たたず)んでいた。

　魔力のみで、無から有を生み出す物質創造魔法。数多の研究者が実現のために生涯を捧げ、ついぞその取っ掛かりすら摑(つか)めていない伝説の魔法が目の前で披露された事実に、その場の誰もが息を呑(の)む。

「ふーむ、狙いよりも少し幼いな？　魔族ではない人の身だと魔力の制御に少し違いがあるようだ。〝異能〟と〝魔法〟とでは勝手が違うというのもあるだろうが……このあたりもおいおい慣れていかなければな」

　外見年齢は、ちょうどティニーと同年代。真っ黒な髪と瞳を持ち、頰(ほお)には小さな切り傷が一つ。加えて、闇(やみ)そのものを直接羽織っているかのような外套を身に纏っている。

　何よりも特徴的なのは、目に映る全ては自らの端役に過ぎないと言わんばかりの、絶対の自信と自負を感じさせるその眼差(まなざ)しだ。対面しただけで自分がいかに矮小(わいしょう)な存在であるかを理解させられるその視線に、男達は僅かに足を止めてしまう。

「で……改めて聞くが、これはどういう状況なんだ？　〝半端(はんば)な〟転生魔法でこの俺(おれ)を呼び出したのは誰だ？」

　そんな彼……〝魔王〟ルーカスが、周囲に向けて問いかける。

　男達が何も言えずに固まる中、ただ一人、ティニーだけは即座に反応し、ルーカスの前に跪く。

「私です。研究が足りず、不完全なお呼び出しとなってしまったこと、誠に申し訳ございません。つきましては私が今すぐこの役立たずの頭をかち割って謝罪とさせていただきたく……」

「いや待て、誰もそんなことをしろとは言っていないぞ。むしろ俺は感心しているんだ。不完全とはいえ、このレベルの魔法を使える人間など俺の知る限り存在しなかったからな」

　そこらに転がる石に頭を打ち付けようとするティニーを、ルーカスが止める。そして、今はそんなことよりと、周りの男達に目を向けた。

「それで……この娘のことは分かったが、お前達はなんだ？」

「お前が知る必要はない……！」

　得体の知れないルーカスに恐怖を覚えたのか、暗殺者達は問答無用で襲い掛かった。

　せめてもの有利を取ろうという、先手必勝の策。四方八方からナイフを、あるいは魔法を放ち、ルーカスを殺しにかかる。

　それに対して、ルーカスは「ほほう」と感心の声を上げた。

「いい魔法だ、やはり俺の知っている時代より人のレベルが上がっているようだな。何百年

経（た）っているかは知らんが……アイツの言葉も、あながち嘘（うそ）ではなかったらしい」

だが、と。

ルーカスが指を鳴らした瞬間、暗殺者達の攻撃は不可視の衝撃によって全て吹き飛ばされ、無効化された。

「まだ俺の域には届かんな。では、次はこちらから見せてやろう……お前達人間が恐れた、〝魔王〟の力を」

ルーカスを中心に、巨大な魔法陣が広がっていく。

漆黒の輝きを放つそれがバチバチと大気に火花を放ち、そのたった一発の魔法に込められた魔力の密度を嫌というほど物語る。

「耐えてみせろ。《黒炎葬送（ダークネスフレア）》」

その瞬間、夜闇すらも更に黒く染め上げるほどに暗い漆黒の炎が噴き上がった。

本来燃えないはずの大地も、石造りの教会さえもが燃え上がり、全てが灰になるまで焼き尽くす。

やがて炎が収まった時、後にはただ黒く炭化した地面しか残っていなかった。

「ふむ、逃げたか。見切りが早いのはいいことだが、少し物足りないな」

そんな凄（すさ）まじい光景を誇るでもなく、ただ残念そうに呟く姿に、ティニーは感嘆の声を漏（も）らす。

「すごい……」

ティニーがこれまで生きてきた中で、これほどの魔法を操る人間など見たことがない。

何より、普通の人間ではあり得ない、全てを破壊する漆黒の魔法。長年探し求めていた力に、ティニーは涙さえ流した。

「ああ、お前は逃げなかったのだな。俺を呼び出したと言っていたが……何が目的だ？」

「私を、あなたの配下に加えてください、魔王様」

ルーカスの質問に、ティニーは即答した。

そのためだけに、ティニーは長い時間をかけて研究を続けてきたのだ。

全ては、そう。

「そして……この世界を魔族の支配する楽園につくり変えてやりましょう!!」

その目的のために。

「……は？」

流石に予想外すぎるティニーの目的を聞いて、ルーカスは魔王として生きた長い時間の中で初めて、ポカンと口を開けたまま固まってしまうのだった。

少しばかり予想外の形で復活を遂げたルーカスは、配下志望の少女ティニーに連れられて、彼女の暮らす屋敷へ案内されることになった。

まだティニーを配下にすると決めたわけではないが、何をするにも拠点は必要だし、今の世界情勢について情報を集める必要もあったからだ。

腕と足の負傷をルーカスの魔法によって癒やされたティニーは、彼の質問に可能な限り答えることに。

「なるほど、今は俺がいなくなってから既に千年経っているのか。少しイレギュラーな転生になったが、予定通りではあるな」

真っ先にルーカスが尋ねたのは、現在の時代だった。

勇者歴一〇〇〇年。勇者ガルフォードが魔王の脅威から世界を救って、ちょうど千年。勇者の出身地とされる国、ブレイブル王国の首都近郊にある、半ば森に呑み込まれた廃教会。それが、ルーカスが転生した年代と場所だった。

「はい、私はティニー・エニクス。エニクス家という、まあ王国ではそれなりに名のある家の娘ですので、魔王様に不自由はさせません」

「そうか……ん?」

ティニーの名前を聞いて、ルーカスは脳裏に僅かな引っ掛かりを覚える。

それは何だったかと、しばし頭を捻り……思い出した。

（そうだ、勇者ガルフォードが、そんな家名を持っていたな）

ガルフォード・エニクス。それが勇者のフルネームだったはずだ。

偶然ということもあり得るが……名家だと言うくらいなら、可能性としては十分考えられる。

（だとすると、こいつもガルフォードが言っていた〝新たな勇者〟であるかもしれないのか）

不完全とはいえ、僅か十代の身でありながら転生魔法を発動してみせるその頭脳と技術は特筆に値する。ならば、この少女が成長することでガルフォードを超える〝勇者〟となるのかもしれない。

「到着しました、ここが私の屋敷です」

「そうか、ここがお前の……」

ティニーがそう告げたことで、ルーカスは一旦思考を打ち切った。

顔を上げた先にあったのは、古びた洋館だ。現在の時間帯が深夜ということもあり、人の気配がしない真っ暗なそれはどこか不気味な雰囲気を漂わせている。

と、そこまで考えたところで、ルーカスは小さな疑問を抱いた。

「ティニーだったたな。お前以外は誰か住んでいないのか？」

ティニーが自分の屋敷だと言ったそれは、ルーカスが転生前に住んでいた城に比べれば小さいが、それでも十分に大きい。一人で暮らすには、あまりにも広すぎるだろう。

だというのに、その屋敷からは人の気配が全くしない。出払っているにしても、まさかこんな深夜に出歩くのが当たり前になっているということもあるまいとルーカスは思う。

そんな彼の千年前の常識は今も大きくは変わらないようで、ティニーは苦笑気味に答えた。

「はい、私一人です。ここは私が学園に通うために使っている、別荘のようなものですから」

「ふむ……？」

別荘といっても、使用人くらいは必要だろうに、それすらいないというのはおかしな話だ。

とはいえ、あまり積極的に話したい話題でもないのだろう、ティニーは早々と屋敷の中へルーカスを案内する。

ひとまずは素直にそれに応じ、屋敷へと足を踏み入れると……意外にも中はしっかりと清掃されており、埃っぽさはなかった。

しかし、それは綺麗というより、殺風景という言葉の方が相応しい。調度品の類いがほとんどないのだ。

「申し訳ございません、今はこれしか用意がなく」

「ああ、別に構わない」

そんな違和感だらけの〝名家〟のご令嬢が、ルーカスを応接室に通しお茶を用意した。

大して警戒することもなくそれを手に取りながら、ルーカスはついに疑問を口にする。

「それで……お前は俺の配下になりたいなどと口にしていたが、目的はなんだ？」

「魔王様と共に世界を征服することです」

「流石にそれは嘘だろう……いや、仮に本心だったとして、それが全てというわけでもないはずだ。何を企(たくら)んでいる？」

ルーカスの指摘に、ティニーはぴくりと肩を震わせる。

「流石に俺も、人間に魔王がどういう存在として認知されているかくらいは知っている。そんな俺を奉じようなど、普通の精神ではないこともな。だというのに、なぜだ？」

「……私が、普通の人間ではないからです」

見てください、とティニーが手を伸ばす。

そこから溢れ出たのは、闇夜(やみよ)のように暗く染まった漆黒の魔力。その不気味な色に、ルーカスは少なからず驚いた。

「これは……魔族の魔力か」

「はい……理由は分かりませんが、私の魔力は生まれつき、魔族のそれと同質のものになっていて、普通の人とは違うのです」

全く同じではありませんが、とティニーは語る。

〝闇〟の力を宿した漆黒の魔力は、主に魔族が持って生まれることの多い力だ。普通の人間は、このような力を持たない。

もちろん、魔力が似通っていようと、そこから発揮される力は全く別物だ。人は魔族の〝異能〟を扱えないし、魔族もまた基本的には人の〝魔法〟を扱えないのだから。

例外は、人の魔法さえ一目見ただけで真似することができたルーカスくらいだろう。

「肉体的には間違いなく人間ですが、こんな力を持っているとやはり……距離を置かれてしまうもので。エニクス家の使用人達も、仲が良かった友人も……実の両親さえ、この力を知った途端、私を遠ざけるようになったのです」

「……そうか」

ルーカスには、家族はいない。気付いた時にはそこに存在し、最強の魔族として君臨していた。

配下はいたのだが、あれは仲間というよりも、勝手に恭順を示し、勝手に世話を焼こうとする他人という感覚が近い。苛烈な環境を生き残るため、命を懸けて必死に謙(へりくだ)る者達を哀れには思えど、大切な存在だとは到底思えなかったのだ。

故に、ルーカスにはティニーの気持ちを推し量ることはできない。さぞ辛かったのだろうと想像し、少しばかり同情するルーカスだったが……。

「だからこそ、私は考えました。ならばいっそのこと、魔王様を復活させ、世界を魔族の支配する楽園につくり変えてしまえば、私こそが普通の存在になれるのではないかと！」

「その結論はおかしい」

ティニーの飛躍しきった発想に、同情する気持ちが全て吹き飛んだ。

意外と図太いな、と率直な感想を抱くルーカスだったが、すぐにどうでもいいかと思い直す。

どちらにせよ、転生する前とさして違いはないだろうと。

ルーカスは配下の献上する品によって楽に生きることができ、配下はルーカスの名を利用して好き勝手暴れる、それだけだ。

ティニーとも、そのようにほどほどの関係で利用し合えばいい……。

「魔王様のお望みは何なのですか？」

「何？」

「いえ、私としては是非とも世界征服と洒落込みたいのですが、魔王様はあまり乗り気には見えませんでしたので。魔王様は、何を望んでいらっしゃるのかと」

何気なく投げかけられた問いに、ルーカスは少なからず驚いた。

転生前の配下は、誰も彼も勝手に人間の領土を献上されるのが魔王の望みだと勘違いし、戦争に明け暮れていた記憶しかないために、こうして直接尋ねられるのは新鮮な気持ちだ。

「俺は、勇者を探している」

「勇者、ですか？」

ああ、と頷きながら、ルーカスはティニーへと勇者ガルフォードの最期を語って聞かせた。

激戦の末、ルーカスに傷を付けて力尽きたこと。

いつか必ず、魔王を超える新たな勇者が現れると予言したことを。

「俺は、あいつが語った新たな勇者と戦い、決着をつけたいと思っている。こうして千年後の世界へ転生したのも、そのためだ」

「なるほど、そんな目的があったのですね。……予想はしていましたが、私達の知る歴史とは随分と違います」

「俺達の戦いは、この時代にどう伝わっているんだ？」

「相打ちだったといわれています。激闘の中で死期を悟った勇者が、その身を賭して魔王を封印し、世界に平和をもたらしたのだと。勇者の聖剣が突き刺さっていた跡地に建てられた記念碑の下には、今も魔王が眠っているといわれています」

「ふふ、まあアイツの言葉で転生する道を選んだのだから、あながち間違いでも……待て、記念碑？　あそこは俺の城があった場所で、魔族の領域の中でもそれなりに奥地だったはずだが……ティニー、地図などはあるか？」

「ご用意致します、少々お待ちください」

すぐに部屋を飛び出していったティニーが、大きな地図を持って戻ってくる。

テーブルに広げられたそれを見て、ルーカスは流石に絶句した。

「大陸のほぼ全土が、人間の領域になっているのか……」

「はい、ブレイブル王国は勇者様の出身地を源流としておりますが、現在は大陸東部から西部にかけ、全体の四割を支配下に置く大陸最大の国家となっております」

ルーカスがいた時代には、大陸東部のみが人の領域であり、凄まじい異常気象が日夜巻き起こっていた西側の地は強靱な肉体を持つ魔族しか生きられなかったはずだ。

それが今や異常気象も収まり、魔族を押し退け完全に人の楽園として世界がつくり変えられている。

記憶の通りなら、魔族軍と人の軍の勢力は拮抗していたはずなのだが……僅か千年でここまで差が生まれるものなのかと、ルーカスは驚くばかりだ。

「ティニー、お前はよくこの状況から世界征服など考えられたな?」

「魔王様の力であれば容易いことと確信しておりますので!」

「それはそうかもしれんが」

人はこの千年で大きく勢力を伸ばし、魔族を完封するまでになっている。

それでも、ルーカスは仮に全人類を敵に回したとしても勝利する自信はあった。が、それを実行するつもりは今のところないし、世界の覇権にも興味はない。

重要なのは、勇者の語った言葉の真偽……〝人の力〟とは何なのかを、今度こそ確かめることだ。

「そのためにも……勇者を探し出すというのは、理に適っているのかもしれませんね。分かりました!」

「何が分かったのだ?」

「私も勇者探しに協力させてください。きっとお力になれると思います」

「構わないが……アテはあるのか？」

実のところ、勇者を探すと言ったところで、ルーカスにはそのための手段は何一つなかった。

転生後、適当な人間に一番強い者は誰か聞いて、直接そいつと戦って確かめてみよう、などという非効率極まりない方法を考えていた程度である。

これまでの飛躍した言動から、いきなり戦争を吹っ掛けて炙り出そうなどと言い出すのではと疑うルーカスだったが、ティニーから提案されたのはもっと現実的なものだった。

「私の通う学園……勇者学園は、伝説の〝勇者〟の後継者育成を謳い、大陸中から生徒を集め育成する教育機関です。そこでなら、魔王様のお眼鏡に適う次代の勇者が見つかるかもしれません」

「ほう……そういえば、先程も学園に通うための屋敷だとか言っていたな」

ルーカスは〝学園〟というものが何なのか知らないが、勇者を育てるための場所であるということだけは理解した。

そんなルーカスに頷きつつ、ティニーは説明を続ける。

「私の実家の力を使って、魔王様を学園の生徒として無理やり編入させますので、そこで勇者候補生達の中から〝本物〟の勇者を探し出しましょう」

「誰に咎められることもなく乗り込めるのであれば、それが一番ではあるが……お前は実家から疎まれているのではなかったか？」

「勇者の末裔たるエニクス家の当主が、実の娘を暗殺しようとして刺客を放った、などという醜聞を流されたくはないでしょうから、脅せばなんとでもなります」

「……あれはお前の親の差し金なのか」

　転生直後に相対した男達を思い出すルーカスに、ティニーは一つ頷いた。

「確証はありませんが、恐らくは。あの人にとっては……私の力も存在も、夢でさえも、邪魔でしかないでしょうから」

　世界征服などという夢は実際邪魔だろう、とルーカスは言いたかったが……理由はどうあれ、実の親の手引きで襲われたのだ。心中はさぞ複雑であろうと、口を噤む。

「どうせやるならしっかりと策を練って徹底的にやるべきです。こんな半端なことを繰り返すから弱みを握られるんですよ。ふふふ」

「……お前は、本当に図太いな」

　悪どい表情でほくそ笑むティニーを見て、ルーカスは苦笑する。

　普通ならもっと落ち込んだり陰を背負ったりしそうな状況で、それでもめげずにこうして前向きに捉えられるのは、間違いなくティニーの強さだろう。

　それこそ……ルーカスの知る〝勇者〟のような。

「いや……あいつと比べたらまだまだだな」

「？　どうかされましたか？」

「何でもない、気にするな。それより、学園とやらに行かせてくれるのだろう？　楽しみにしているぞ」

「はい！　お任せください！」

ウキウキとやる気に満ち溢れた表情を浮かべるティニーを見て、ルーカスは思う。

考えていたよりも、楽しくなりそうだと。

第二章　勇者学園

転生から一週間後、ルーカスは本当に学園に編入することになり、朝からその準備に追われていた。

とはいえ、荷物など何も持ち合わせていないので、制服のサイズ調整が主な作業だったが。

「よし……これでどうですか、ルーカス様？」

「うむ、問題ない」

勇者学園の制服――ブレザーの上に、ティニーと同じような紺色のケープを羽織り、白のスラックスを履いたルーカスの姿に、ティニーは瞳を輝かせる。

純粋な憧れの眼差しに少しばかりくすぐったいものを感じながら、ルーカスは誤魔化すように口を開く。

「しかし、お前は随分と多才だな。まさか、この広い屋敷を本当にお前一人で管理した上で、制服の調整までできるとは思わなかったぞ」

この一週間、ルーカスはティニーと共に二人でこの屋敷で暮らしていたのだが……屋敷の清掃や料理、洗濯に裁縫などの雑事は全てティニー一人でこなしていた。

最初は流石に手伝った方が良いのではないかと考えたルーカスだったが、そのあまりの手際の良さを見て素直に引き下がることにしたのは記憶に新しい。

そんなルーカスの感想に、今度はティニーの方が照れ顔を見せた。

「大したことではないですよ、魔法を使えばこれくらいは誰でもできます」

会話しながらも、登校前の朝食を摂るべく二人で食堂へ向かう。

朝から準備していたのだろう、キッチンから漂う美味しそうな匂いに、自然とルーカスの口角も上がった。

「俺の生きていた時代では、人の魔法は純粋に戦闘のための武器として使われていた。こうした小器用なことにも利用できるようになったというのは、良いことだな」

ティニーが軽く指先を振るうのに合わせ、棚からいくつもの食器が浮遊し、鍋で煮込まれたスープや肉、サラダやパンなどがあっという間に盛り付けられていく。

色とりどりの料理が乗せられた皿が、優しく滑るように目の前に置かれる光景を見て、ルーカスは微笑んだ。

「それに……生活魔法と言ったか？　一つ一つの難易度はさほど高くないようだが、これほどの精度で多数を並列発動させられるのは、十分に称賛に値するよ。お前も俺の配下を名乗りたいなら、少しは自分を誇るがいい」

「あ……ありがとうございます……！」

喜ぶティニーを横目に、ルーカスは料理を口に運ぶ。

千年前の世界では、貴重過ぎて魔王ですら食べられなかったほどの食材と調味料をふんだんに使った、〝ごく普通の家庭料理〟。これを食べるようになって一週間になるが、未(いま)だに美味しすぎて口元が緩むのを抑えられなかった。

「今日も美味いな。時間を忘れて夢中になってしまいそうだ」

「うぅ……ルーカス様はいつも褒め過ぎです。どうしてそんな言葉を簡単に口にできるのですか」

「おかしなことを言うな？　思ったことを口にするのに、何を憚(はばか)る必要があるというのだ」

「……流石です、ルーカス様」

意味が分からないと首を傾げるルーカスに、ティニーは畏怖の眼差しを送る。

畏れられるタイミングがおかしくないかと戸惑うルーカスだったが、今日は学園に向かわなければならない日だ、あまり悠長にもしていられない。

手早く食事を済ませ、片付けを終えた二人は、早速学園に向けて出発した。

「ここが人の町か、随分と賑やかだな」

ルーカスが人の町を目にするのは、前世も含め生まれて初めてのことだ。

大量の荷物を馬車で運ぶ商人や、元気に駆け回る子供。客引きの声がひっきりなしに響き、ルーカスの知らない料理の匂いがあちこちの店から漂ってくる。

ブレイブル王国の首都、王都ガルフォード。勇者の名をそのまま冠した町は、大勢の人々でごった返し、ルーカスの瞳に新鮮な驚きとなってその光景を映す。

しかし……必ずしも、良いことばかりとは限らない。

「ふむ……聞いていた通り、本当に避けられているのだな、お前は」

賑やかで明るい町並みの中で、ルーカスの周囲……より正確には、ティニーの周りだけが、ぽっかりと取り残されたかのように静まり返っていた。

そんな状況を、もはや慣れたものだとばかりにスルーしながら、ティニーは苦笑交じりに答える。

「〝魔族もどき〟の人の国での扱いなんてこんなものです。学園の中ではもっと酷いですから、これくらいは可愛(かわい)いものですよ」

「そんなものか。薄情なものだな、人間も」

「夜な夜な魔王復活の儀式をしているという噂も広がっていましたから、言い訳もできませんけどね」

「……それもそうだな」

噂ではなく紛れもない事実だと知っているルーカスは、ティニーを擁護するのをやめて大人しく隣を歩いていく。

やがて、王都の中でも一際(ひときわ)大きい……下手をすると、王が住まう城よりも大きいのではないかというほどの巨大施設へと到着した。

「到着しました。ここが私達、勇者候補生達の通う大陸最大の学園……勇者学園です」

「ほう、これが……」

　大きな校舎を中心に、教員の宿舎や遠方からやって来た生徒のための学生寮、訓練のための闘技場や武道館、研究所に資料館などなど。いくつもの施設が軒を連ね、あまりの敷地の広さ故に雑貨や食事を提供する店までもが共存するその場所は、もはや王都の中にもう一つの町があると言っても過言ではない。

「ここで勇者を育成しているのか。候補生と言っていたが、ここには何人いるのだ？」

「生徒という意味でしたら、千人ほどいるはずです。ただ、その中でも勇者候補生と呼ばれるのは、成績上位者百名だけですね。その勇者候補生が、年に一度の〝勇者選定試験〟に臨み、勝ち残った一人だけが一年間〝勇者〟を名乗ることを許されます」

「一年か……その一年で、勇者は何をするのだ？　竜か何かの討伐を任されたりでもするのか？」

「いいえ、勇者といっても、伝説の勇者ガルフォードのように戦場に立つことは稀です。国の成り立ちを忘れないため、勇者を崇め平和を願う〝勇者祭〟という催しが毎年開かれるので、そこで主役になれる程度です。ただ、それだけでも大変名誉なことですので、真剣に勇者を目指す実力者が大陸中から学園に集まってきますよ」

「なるほどな……勇者といっても、昔と今では大きく意味が変わっているのか」

「はい。ただ先程も言いました通り、〝勇者〟の称号は大変名誉あるものであり、選定試験を勝ち残るのは紛れもない実力者ばかりです。ルーカス様のお眼鏡(めがね)に適う者も、いるとしたらそこだというのは間違いないでしょう」

「ならばいい。ちなみに、お前は候補生なのか？」

「はい、一応は。一位には遠いですので、〝勇者〟にはなれないでしょうが」

「ほほう……そうなのか」

つまり、ティニーはこの学園の上位者ではあるが、トップではないということだ。

ティニーの魔法の腕前がなかなかのものであることは知っているので、それよりも上であるというトップの候補生がどれほどのものかと、ルーカスは楽しみになる。

「まずは、その〝一位〟とやらと戦ってみるのが良さそうだな。勇者に相応(ふさわ)しい器かどうか、この俺自ら確かめてやろう」

「名案です……と言いたいところですが、いきなりは難しいかもしれません」

「む？　なぜだ？」

「学園の規則として、正式に申請された〝序列を賭(か)けた決闘〟以外は禁止されているからです。更に上位五十位までのハイランカーに挑めるのは、最低でも同じ候補生になった者だけですので……まずは、下位の勇者候補生を倒して勇者候補生にならなければ、序列一位に挑戦する資格すらないのです」

「ふむ……面倒だな」

規則など無視して、直接戦いを挑む……というのも一つの手だが、ルーカスが求める〝新しい勇者〟が、必ずしも序列一位の候補生だとは限らない。

実力者の捜索には、ティニーが持つ人の社会での立場というものが有用だというのは、この学園にあっさりと入学できたことからも明らかなので、今後のことを考えると規則違反をしてまで挑むのが得策とは言い難いだろう。

「まあいい、時間はあるのだ。しばし人の学園生活とやらを楽しむのも悪くはない」

「はい、私も楽しみです」

そんな話をしながら、二人で学園の敷地内へ足を踏み入れる。

すると、すぐに楽しい気分に水を差すような声が聞こえてきた。

「おい、あれ……」

「エニクスの〝魔族もどき〟か。隣にいるのが、噂の……？」

「ああ、家の権力で無理やり編入生として捩じ込んだらしい。一体何なんだろうな」

「それこそ、家の権力で無理やり男を侍らせてるんじゃないのか？　普通の男は相手にしてくれないから」

「なるほど、言えてるな」

こうして直球の悪意が聞こえてくるところを見るに、町の雰囲気は学園に比べれば可愛いもの、というティニーの言葉は本当だったらしい。

とはいえ、これまでの様子からして、ティニーが気にすることはないだろう……と、ルーカスはそう思っていたのだが。

「あいつら……‼」

なぜか、今回に限っては怒りを露わにしていた。

「落ち着け、急にどうした？」

「あいつら、ルーカス様を私が侍らせた男だとか言い始めました。逆でしょう、私がルーカス様に侍っているんです‼」

「どちらでも大差ないだろう……」

変なところに拘るやつだと、ルーカスが呆れ交じりに溜め息を溢す。

そんな彼らに、一人の男子生徒が直接話しかけてきた。

「おいおい、この学園はいつから男漁りの場になったんだ？　ああ？」

「……ラルグ」

男子生徒を見て、ティニーは露骨に顔を顰める。

この町ではあまり見ない、浅黒い肌。煌びやかな黄金の髪を持ち、しっかりと鍛え上げられた大柄な肉体に、着崩した制服を無理やり身に着けているのが少々窮屈そうだ。

そんな男……ラルグが、ティニーを見下すように吐き捨てる。

「ここは偉大なる〝勇者〟の後継者になるために、選定試験に挑む連中が集まる戦場だ。遊びなら余所でやれ」

「遊びじゃない。私は私の目的のために真剣にこの学園で魔法を学んでいるの」

「実力もねえくせに家の力だけで勇者候補生になっておいて、よく言うぜ」

「なれって言われたからなっただけで、私は欲しくて今の序列にいるわけじゃない」

「てめえ……死にたいらしいな……!!」

火花を散らす……というより、ラルグの方が一方的に敵意を向けているような状況を眺めながら、ルーカスはその実力を冷静に推し量る。

その上で、率直な感想を口にした。

「見たところ、ティニーよりも魔力の練り込みが甘いように見えるが。貴様は本当に口で言うほどの実力者なのか?」

ピシリと、空気が凍り付く気配がした。

それまでルーカスを視界にも入れていなかったラルグは、こめかみに青筋を浮かべながら振り返る。

「てめえ……誰の実力がないって?」

「貴様だ、貴様。体はそれなりに鍛えているようだが、育った筋肉に魔力が馴染み切っていないようでは、見かけ倒しにしかならないぞ。もっとバランスよく精神も鍛えるといい」

「〝魔族もどき〟の腰巾着が言うじゃねえか、俺はこれでも序列六十位の勇者候補生だぞ、分かってんのか⁉」

「ふむ……六十位と言われるとあまりすごくはなさそうに聞こえるが。ティニー、お前は何位なのだ？」

「十位です、ルーカス様」

「ならば、少なくともティニー相手に偉ぶれる実力はないではないか」

「うるせえ‼　そこの女が俺の決闘申請を無視して逃げ回ったりしなきゃ、とっくに順位は入れ替わってんだよ‼」

「あなたと違って、私は忙しいの。そんな遊びに付き合ってる暇はない」

「遊びだと⁉　てめえ、神聖な決闘を何だと思ってやがる‼」

またしても睨み合うラルグとティニーの二人は、今にも暴発しそうなほど剣呑な魔力を滾らせる。

野次馬根性で集まった生徒達は、そんな様子を固唾を呑んで見守り……ふと。

そんな状況に、ルーカスは何の気なしに爆弾を投下する。

「ならば、俺がお前と決闘するというのはどうだ？」

「は？　急に何を言ってやがる」

「何、ちょうど俺も、この学園の序列一位とやらと戦うという目的があってな。だが、聞けばそもそも候補生にならなければ挑戦自体できないというではないか。その点、お前は六十位だというし、戦う理由もあるのだろう？　ならばこの俺が戦うことも可能なのではないか？」

「……本気で言ってるのか？」

「当然だろう？　むしろ、戦わない理由があるのか？　お前も勇者たらんとこの学園に来たのなら、まず超えるべきはティニーではなく俺のはずだ」

なぜなら、と。ルーカスは自身を指し示す。

「俺こそが〝魔王〟、ルーカス・アルバレアだ。この俺が唯一認めた〝勇者〟になろうというのなら、俺を超えてみせろ」

騒ぎに乗じて集まった聴衆の前で、堂々と名乗りを上げる。

そんな彼に、ラルグはしばし呆然として……腹を抱えて笑い出した。

「くははは！　魔族もどきの次は魔王か！　勇者の学園でその名を僭称するなんて、どういう意味か分かってるんだろうな？」

「分かっているとも。俺は〝本物〟の勇者と戦うためにここに来たんだ、我こそは勇者と思う者は、全員かかってくるがいい」

「面白い、ボコボコにしてやるぜ……と言いたいところだが、決闘は上位者が序列を賭ける代わりに、下位の者も何かしら賭けるのがルールだ。大抵は単位や訓練施設の使用権なんかが定番だが、編入してきたばかりのお前にはどちらもないからな……何を賭けてくれるんだ？」

俺を納得させてみろと、ラルグが挑発するように言う。

これには、さしものルーカスも困ってしまった。何せ、ラルグが欲しがるようなものは何も持っていないのだから。

（人の決まり事というのは面倒だな。さてどうしたものか）

「つまり、賭けるものがあればルーカス様との決闘を受けるのね」

悩んでいると、再びティニーが前に出る。

その言葉を待っていたとばかりに、誰もが予想外のカードを切った。

「私の序列を、ルーカス様の決闘に賭ける。それでどう？」

「は？　いや、本気か？　他人の決闘に自分の序列を賭けるだと？」

「本気よ。ルーカス様が負けるわけないから」

一片の迷いも躊躇もないティニーの宣言に、周囲は静まり返る。

一方で、そんな交換条件を出されたラルグはといえば、先程よりもより一層可笑しそうに大笑いしていた。

「くはははは!!　面白い、まさか事実上の代理決闘になるとはな。いいぜ、その条件で受けて立つ。逃げるんじゃねえぞ!!」

◆◆◆

編入生が、入学初日から勇者候補生入りを賭けた決闘を申し込んだ。しかも、その決闘に賭けられたのは、ティニー・エニクスが持つ序列十位の席。

その前代未聞の状況に、編入生という話には一切興味を抱かなかった者達までもが一目見ようと闘技場に集まり、かつてない盛況ぶりを見せていた。

もっとも、ルーカスにとってはこれが初めてのことなので、自分がどれほど注目を集めているのかなど知る由もないが。

「ははっ、逃げずにここまで来たことは褒めてやるよ。挑発するためだけに魔王を名乗りやがったこと、後悔させてやるぜ!!」

そんな闘技場の中心で、ラルグはそう言って魔剣を構える。

ラルグの魔剣は、ティニーなどが使う一般的なそれと比べても一際大きく、大柄な彼の体に並ぶほどの存在感を放っている。その大剣で斬られてしまえば、たとえ魔法がなくとも人の体など容易く両断できてしまうだろう。

一方で、ルーカスはといえば……。

「って……てめえ、なんだそれは⁉　本当にふざけてんのか⁉」

その手に握っているのは、何の変哲もないただの木の枝だった。

これには、流石にラルグのみならず会場の誰もが唖然としている。

「いや、すまんな、なんでもこの決闘とやら、魔剣を使った攻撃しか認められないそうではないか。俺は魔剣など持っていないので、急遽代用品を用意したというわけだ」

「な、舐めやがって……!!」

魔剣が決闘に必須となっているのは、魔剣そのものに非殺傷化の制限魔法をかけることで、決闘の中で相手を殺してしまわないようにという配慮だ。なので、制限魔法をかけることさえできれば、たとえそれが魔剣などとは到底呼べない棒切れだろうとルール上の問題はない。

精々、挑発と受け取った対戦相手が激怒するくらいである。

魔王を名乗ったことも、本心からではなく挑発を目的とした僭称だと受け取られているようなので、どうやらとことんまで怒らせてしまったらしい。

(そんなつもりはなかったのだが……やはり人というのはよく分からんな)

今にして思えば、ガルフォードとの戦いの最中でも、「褒められても嬉しくない!!」「俺のことをバカにしてんのか!?」などと口癖のように言われていた気がするので、無自覚の悪癖なのかもしれない。

(後でティニーに頼んで、正しいコミュニケーション方法というのを学ぶべきだろうか)

魔王として生きていた頃はそんな必要もなかったが、〝人〟となって〝人の力〟を学び、新たな勇者を探そうという時にそれは少々困る。

が、今はコミュニケーション不全よりもまず、目の前の決闘だ。

「ここまでバカにされたのは初めてだ。てめえだけは泣いて謝っても許さねえからな‼」

こうして、やや誤解とも言えるすれ違いを起こしながらも、二人の決闘が始まった。

審判、もとい立会人を務める教師の合図で観客席を守る巨大な結界魔法が張り巡らされていくのを見て、「ほう……」と呑気に感心しているルーカスへと、ラルグが斬りかかる。

「てめえ、よそ見してんじゃねえぞ‼」

巨大な剣を大上段から振り下ろし、脳天から叩き割ろうとでもいうかのような豪快な一撃。魔法によって強化されたそれは、岩をも容易く砕く破壊力を秘めている。

何も知らない者が見れば、どう見ても殺すつもりで放っているようにしか見えない攻撃だが、魔法を扱う者は誰しも魔力でその身を鎧のように守っているため、非殺傷化魔法がかかった魔剣では精々気絶する程度である。

しかし、それもあくまで魔剣を使用し、戦闘態勢に入った魔法使いであることが前提だ。たかが棒切れ一つしか持たないルーカスでは、最悪の場合再起不能になる可能性も――

「……なっ⁉」

そう考えていた観客達だったが、現実にはそうはならなかった。

ラルグの斬撃を、ルーカスは微動だにせず木の枝で受け止めていたからだ。

決して、ラルグの剣が見かけより軽かったわけではない。その証拠に、攻撃を受けたルーカスの足元には深い罅(ひび)が穿(うが)たれ、衝撃の凄(すさ)まじさを物語っている。

それでもなお、ルーカスはまるでそよ風に吹かれたかのような気軽さで、その剣を払いのけた。

「くそっ……なんなんだその木の枝は⁉　いくらなんでも硬すぎるだろ⁉」

「そう驚くことでもないだろう。魔力を高密度で込めてやれば、どんな物だろうと硬くなる」

「だから、硬すぎるんだってのǃǃ」

叫びながらも、ラルグは次々と斬撃を放つ。

遠心力を利用して放たれる重々しい連続攻撃は、一つ一つが一撃必殺の威力を誇りながらも、決してその重量に振り回されたりはせず、巧みな重心移動で自身の隙を潰(つぶ)している。

その剣の腕前は、なるほど自分ならティニーにも勝てると吠えるだけはあると、ルーカスは感心していた。

「やるではないか。魔法使いといえば、遠距離攻撃ばかり得意になって、近接戦闘を疎かにする者がなかなか多かったものだが……僅かな身体強化のみでこれほどの動きを実現するとは。うむ、先程の言葉は訂正しよう、お前も十分に実力者だとも」

「このっ……やっぱりバカにしてるだろてめぇ⁉」

「いや、素直に称賛しているのだが」

はて、と首を傾げるルーカスだったが、会場の誰一人としてそれを称賛の言葉だとは受け取れなかった。

何せ、ルーカスはその〝実力者〟の剣を、その場から一歩も動くことなく細い小枝一本で捌き続けているのだ。これで褒められて喜ぶ人間は誰もいないだろう。

「くそったれぇぇぇぇ!!!!」

魔力も魂も全て吐き出すような雄叫びを上げ、ラルグは嵐のような怒涛の猛攻を繰り出す。縦に一閃、切り返すように逆袈裟に薙ぎ、ぐるりと全身を捻って真横に振り抜く。その勢いをそのまま〝溜(た)め〟として利用し、全身のバネと体重を乗せた渾身の一撃を叩き込んだ。

「うおらぁぁぁぁ!! 《爆炎斬(マグナスラッシュ)》ぅぅぅぅ!!!!」

今日一番の力を込めた斬撃に更なる魔力が注ぎ込まれ、魔剣が燃え上がる。

激突と同時に爆炎が噴き上がり、衝撃が地面もろとも周囲の全てを吹き飛ばした。

こんなものを防ごうとすれば、ティニーとて到底無傷では済まない。敗北すらあり得るのではないかというほどの圧倒的な破壊が、突風となって会場を吹き抜け……。

「……かはっ……」

土埃が晴れたその場所で、爆炎に呑まれ黒焦(くろこ)げになっていたのはラルグの方だった。

その体はおろか、制服にも焦げ目一つついていないルーカスを見て、会場はシーンと静まり返る。

「言ったろう、魔力の練り込みが甘いと。自身よりも強大な魔力に向けて魔法をぶつける時、甘い制御の魔法はそのまま跳ね返って来ることがある。格上と戦う時にこそ、より一層の冷静さを保てる精神力が必要となるのだ、覚えておけ」

「………」

「む？　気絶してしまっているのか……これではアドバイスの意味もないな」

やれやれと肩を竦めながら、ルーカスは周囲に目を向ける。

この後どうすればいい？と声に出さず視線で問いかける彼に、立会人だった教師が何とかショックから立ち直り、ルーカスの勝利を宣言した。

「しょ、勝者、ルーカス・アルバレア……」

本来なら、決闘の終了時には観客からの声援なり野次なりが飛ぶものだが、今回ばかりはそのあまりにも圧倒的な結果に誰もが口を閉ざしている。

唯一、ティニーだけはルーカスの活躍ぶりに歓声を上げ、はしゃぎ倒していたが。

「ルーカス様ーー!!　素晴らしい戦いぶりでしたーー!!」

「やれやれ、よく分からんがティニー以外には随分と嫌われてしまったようだな……む？」

唯一騒いでいるティニーに手でも振ってやろうかと考えた時、ふとルーカスの視界に一人の少女が映る。

誰もがルーカスの異常な強さとラルグのあっけない敗北に呆然とする中、静かに彼を睨み付ける赤髪の少女が。

「ルーカス様、どうかなさいましたか？」

なかなか反応がないことで待ちきれなくなったのか、いつの間にかティニーの方から闘技場の中に踏み込み、ルーカスの傍まで駆け寄ってきていた。

そんな彼女に、「いや」とルーカスは首を振る。

「少し、気になる輩を見かけただけだ。ふふ、この男で六十位だというのなら、この学園は本当に楽しめそうだな」

首を傾げるティニーにそう答えながら、ルーカスは闘技場を後にする。

こうして、〝魔王〟ルーカスの学園生活は、在校生達にこの上ない衝撃を与えながら幕を開けるのだった。

鮮烈な学園デビューを飾ったルーカスだが、それで大人しくなるかと言えばそんなはずもない。そもそも、ラルグと戦い勇者候補生として名を連ねたのも、あくまで序列上位にいる候補生達と戦い、その力のほどを測るためなのだから当然だ。

そういうわけで、形式上は序列六十位となったルーカスは、その日のうちに序列一位にも決闘を吹っ掛けようと画策するのだが……珍しく、ティニーが難色を示していた。

「彼女は……恐らく決闘を受けてはくれないと思います」

ルーカスに学園を案内する、という理由で二人並んで廊下を歩く道中、ティニーはそう言った。

これまでルーカスの発言に対しては、消極的にしろ積極的にしろ肯定ばかりを返してきた彼女の思わぬ反応に、ルーカスは興味をそそられる。

「ふむ？　どういう奴なのだ、その序列一位は」

序列下位の者が上位の者に挑む場合、序列に見合う何かを賭けなければならない。その意味では、ラルグの時のようにティニーの序列を対価にすることもできない序列一位の人間が決闘を受けないというのは十分に理解できる話ではあるが……ティニーの口ぶりから、それだけが理由でもないと推察する。

そんなルーカスの予想を肯定するように、ティニーは語り出した。

「現在の序列一位は、アリアドネ・バラード……エニクス家に並ぶほどの名門の娘で、今年の〝勇者〟は彼女でほぼ決まりだろうといわれているほどの実力者です」

「ほほう、それはそれは、益々一度戦ってみたいところなのだが、何が駄目なのだ？」

「一つは実務上の理由です。彼女はほぼ毎日のように決闘を吹っ掛けられているので、向こう一ヶ月はスケジュールが埋まりきっていたはずです」

「なるほどな。それで、他の理由は？」

「……私と彼女の仲が悪いので。私と近しい関係にあるルーカス様の願いには応(こた)えてくれないのでは、と」

今になって突然すみません、と謝罪するティニーだったが、ルーカスとしては予想外の理由に目を丸くするばかりだ。

何せ仲が悪いも何も、これまでティニーがルーカス以外の誰かと仲良くしているところなど、一度として見たことがないのだから。

「何か特別恨まれるようなことでもしたか?」

「した……といえばしたのかもしれませんね。私もアリアドネも、同じ名家の娘として生まれて、幼い頃は仲良くもしていたのですが……私に魔族によく似た力があると分かってから、距離ができてしまって。ましてや私は、この力を隠すどころか、誇るように利用して、夜な夜な転生魔法の実験を繰り返していましたから……正直、嫌われる心当たりしかないです」

「そうか……」

図太いな、と言えれば良かったのだが、アリアドネのことを語るティニーの表情はいつものそれと違い、どこか寂(さび)しそうに見えた。

なんと声をかけるか迷うルーカス。しかし、その思考も長くは続かなかった。

話し込む二人に、声をかける人物が現れたからだ。

「ふん、よく分かってるじゃない、ティニー」

「……アリア」

まるで炎のように真っ赤な髪を二つに結った、一人の少女。

鋭く細められた真紅の眼差しには力強い意志が宿り、強さへの渇望と自負が溢れている。

ラルグとの戦闘後、チラリと見かけた少女だとすぐに分かったルーカスは、ティニーの反応を見てやはり自分の目に狂いはなかったと確信した。

つまりは彼女こそ、ティニーの古い友人にして、この学園の勇者候補生序列一位、アリアドネ・バラードなのだと。

「どうしてここに？　いつもなら、今頃闘技場で決闘してる時間なのに」

「これからよ。ちょっと使い込み過ぎて魔剣にガタがきていたから、メンテナンスしてもらっていたの」

それより、とアリアドネはティニーを鋭い眼差しで睨み付ける。

「いつまでこの学園にいるつもり？　勇者候補生は、週に一度は下位者の挑戦を受けなきゃいけない決まりなのに、もう一ヶ月以上サボってるらしいわね？　やる気がないなら出ていきなさい、ここはアンタみたいなのがいるべき場所じゃないわよ」

「私はただ、この学園の生徒なら、貴重な資料も実験施設もタダで使えて都合が良いからここにいるだけ。勇者候補生になったのは、父親から言われて仕方なく。それに、週に一度っていうのはあくまで慣例としてそうなっているだけで、校則にはそんな決まりは載ってないよ」

「そうやって、周りなんて関係ないみたいな態度で好き勝手してるのが気に入らないのよ‼　アンタも勇者の血を引くエニクス家の人間でしょう？　勇者になって周りを見返そうとか思わないわけ⁉」

「どうでもいい。それに……勇者には、〝魔族もどき〟よりもアリアの方が相応しいよ」

「っ……‼　はあ、もういいわ、アンタを説得しようとした私が馬鹿(ばか)だった」

噴火寸前のような怒りを抑え込んだアリアドネは、ティニーとルーカスの間を抜けて歩いていく。

その途中、ふと思い出したようにルーカスの方を見た。

「そういえば、そこのアンタ、ティニーとどんな関係なのか知らないけど、〝魔王ごっこ〟もほどほどにしときなさいよ。この国でそれを言ったら、冗談では済まない相手だって少なくないんだから」

「ふむ、そうか。覚えておこう」

言うだけ言って、アリアドネは去っていった。

その背中を見送った後、ティニーはルーカスへと頭を下げる。

「すみません、ルーカス様。お見苦しいところをお見せしました」

「気にするな。しかし……なかなか面白い娘だな、アリアドネは」

直接戦っているところを見たわけではないが、こうして間近で見た限りにおいては、アリアドネは心身ともによく鍛えられていた。

ルーカスから見ればまだまだだが、ラルグよりは間違いなく上だろう。序列一位は伊達ではない。

「この後、アリアドネも決闘すると言っていたな？」

「はい、彼女は時間を置きながらではありますが、一日三回ほどは決闘を行うので」

「ならば、俺達も見に行ってみよう。あの娘が戦っているところを見てみたい」

「分かりました。それでは、観客席までご案内しますね」

急な予定変更にも嫌な顔一つせず、ティニーはルーカスを案内する。

そんな彼女の背中を見ながら、ルーカスは先程のアリアドネとのやり取りを思い返していた。

――勇者には、〝魔族もどき〟よりもアリアの方が相応しいよ。

「……ふむ」

その言葉の意味を考えながら、ルーカスはゆっくりとその後について歩き出すのだった。

アリアドネの決闘は、ルーカスの時よりも観客の総数は多少減っているものの、ルーカスの時とは比べ物にならないほどの歓声とともに始まった。

結果が見えているからわざわざ見ない、という者が多くいる一方で、彼女の決闘を毎試合観戦する熱烈なファンもまた多いらしい。

そんな説明をティニーから受けながら、ルーカスはアリアドネと挑戦者……序列三十位台だという男子生徒との決闘を見物していた。

男子生徒の方は、特に特徴らしい特徴はない。遠距離からの魔法攻撃を主体に戦闘を組み立てる立ち回りは、ある意味正しく〝魔法使い〟といえる姿だろう。

かといって剣も全く扱えないわけではないようで、接近された場合の自衛手段として巧みな防御を見せており、攻撃主体の魔法、防御主体の剣と切り替えながらの戦いぶりは、誰もがお手本にできる教科書のようだ。

しかし対するアリアドネは、そんな〝教科書〟通りの戦いなど知ったことかとばかりに、烈火の如く怒涛の猛攻を加えている。

「はあぁぁぁ!!」

アリアドネの魔剣は、両手に一振りずつの双剣スタイルだった。

雄叫びとともに真正面から突っ込み、迫りくる魔法を同じように両手の魔剣から放つ魔法で相殺しつつ、距離を潰す。

そして、炎を纏った双剣による連撃で、一気に相手を追い込むのだ。

「くっ……!!」

男子生徒はアリアドネの間合いで戦うことを避けるため、広い闘技場内を全力で逃げながら魔法を放ち、時折剣を交えて押し返そうとする。

しかしそんな彼の守りを、アリアドネは双剣故の手数の多さと鬼神の如き気迫で喰い破り、炎纏う刃を叩き込んだ。

「《炎舞双剣（ダンシングブレイズ）》‼」

「ぐわぁぁぁ⁉」

目にも止まらぬ連撃が叩き込まれ、男子生徒が吹き飛んでいく。

壁に叩き付けられ、そのまま気絶する男子生徒。立会人の教師が勝利宣言するのに合わせ、観客席からは歓声が巻き起こる。

そんな中、ルーカスは周囲とはやや異なる感想を抱いていた。

「随分と無茶な戦い方をするものだな。以前からああなのか？」

「いえ、序列一位になってからですね。〝勇者なら挑戦者を拒むことなどしない〟と言って、対価もなしに次から次へと決闘を受けているので……ああして速攻をかけなければ、連戦に耐えるだけの魔力が持たないのだと思います」

「なるほどな。道理でやけにぎこちない戦いぶりをしているわけだ」

「ぎこちない、ですか？」

そうは思わなかったのか、ティニーが驚いて目を丸くしている。

まだまだだな、と呟きながら、ルーカスは言葉を重ねた。

「双剣は本来、攻めよりも守りに向いた武器だ。それを強引に攻めの戦術で振り回しているせいで、動きに無理が出ている。あれではいずれ体を壊すだろうな」

「……アリアにとって得意な戦法ではないとは思っていましたが、無理をしていることまでは気付きませんでした。流石です、ルーカス様」

いつものようにルーカスを称賛するのだが、そんな声にも少し覇気がない。

そんなティニーを見て溜め息を溢したルーカスは、無言で立ち上がった。

「ルーカス様、どうされましたか？　アリアの決闘はこの後二戦ほどありますが……」

「これ以上見るべきものはなさそうだからな、帰る」

「分かりました」

ルーカスに倣って立ち上がるティニーだったが、意識がアリアドネの方に向いているのはバレバレだった。

「俺は全力のアリアドネと戦い、その資質を見極めたいと思っている。それには、煩わしい有象無象との決闘を止めさせて、憂いなく俺一人に全力をぶつけられる舞台を整えなければならない。それを実現するためには……ティニー、お前が持つこの学園のルールと常識に関する知識がいる。協力してもらうぞ」

「あ……はい、ルーカス様！」

ようやく元気を取り戻したティニーを見て、その意気だと微笑みながら、ルーカスは闘技場を後にするのだった。

◆◆◆

翌日。学園への編入手続きも全て終えたルーカスは、ティニーと共に学園の授業へ出席していた。

基本的に、この学園の授業は選択式だ。剣技、魔法実技などの実践的なものから、王国や魔法に関する歴史や研究などの座学、魔剣製作などの技術的なものまで幅広い内容を取り揃え、生徒達はその中から決められた数の単位を取得することで進級することができる、三年制の学園となっている。

〝勇者〟の育成を大義名分にしているために戦闘やそれに類する授業が多いのは確かだが、最終的に〝勇者〟となった生徒や候補生達が就職する先は軍関係が多い。

そのため、礼儀作法や一般教養などの授業が必修となっており、日々の課題に頭を悩ませる生徒というのも他の教育機関同様ある種の風物詩となっている。

その意味では、ルーカスがちゃんと授業についていけるのかと、ティニーは少し心配していた。

何せ、彼は最強の魔王ではあるが、あくまでも千年前の人物なのだ。単純な強さだけならまだしも、学力という点では赤子も同然のはず。

編入までの一週間で教えられたのも、貨幣制度や挨拶の仕方などの本当に最低限の常識のみであり、学園の勉強までは手が回らなかった。

ここは、自分がちゃんとフォローしなければと、密かに考えていたのだが——その心配は杞憂だったと、すぐに理解させられる。

「ふむ……教師よ、問いの答えはこれで合っているか？」

「……正解ですね」

黒板の前でチョークを置いたルーカスに、教師は頰を引き攣らせる。

現在は、魔法構築理論の授業中。人の魔法はこの千年で大きく様変わりしているため、ルーカスはまさしく知識ゼロの状態から入ったはずなのだが……授業が終わる頃には、その場にいたどの生徒よりも深く内容を理解するに至っていた。

これには、さしものティニーも開いた口が塞がらない。

「本当に、素晴らしい頭脳をお持ちなのですね、ルーカス様……こんなにも早く追い抜かれるとは思いませんでした」

席に戻ったルーカスへ、ティニーが惜しみない賛辞を贈る。

それを受けて、ルーカスは大したことではないと首を振った。

「何、興味深い内容だったからな。千年もあれば変わるだろうとは思っていたが、まさかここまで別物になっているとは思っていなかった。それに……俺は最強ではあるが全知というわけでもない、新しい知識は貪欲に吸収してこそ意味がある。ティニーも精進するといい」

「はい、肝に銘じます！」

元気なティニーの返事を聞いている間に、授業終了の鐘が鳴る。

さて、次の授業は――と腰を浮かせかけたところで、大声でルーカスの名を呼ぶ男子生徒が教室へと飛び込んできた。

「おい、ルーカスぅぅぅ!!　こいつは一体何の真似だぁ!?」

「む？　お前はラルグか。どうした、騒々しい」

見知った顔に首を傾げると、ラルグは「どうしたもこうしたもねえ！」と手にした紙をテーブルに叩き付けた。

「これ、お前が出したんだろ!?　正気かてめえ!?」

そこに書いてあったのは、ルーカスが自身の序列を賭けて決闘する相手を募集するという内容だ。

しかも、その条件とルールは……。

「〝アリアドネへの挑戦権の一時放棄〟を賭けて、〝バトルロイヤル〟で纏めて相手にしようという話だ。何か問題があるのか？」

「大ありだ!!　どう考えても真っ先にお前が潰されるって分かっててこんなルールにしやがったのか!?」

決闘は基本的に一対一で行われるが、多対多が認められていないわけではない。両者の合意さえあるのなら、変則的な決闘というのも過去に何度か行われている。

だが、これでは事実上の多対一だ。序列を手に入れられるのが最終的に勝ち残った一人だとしても、前代未聞にも程があるだろう。

「むしろ、潰せる者がいるのであれば大いに歓迎するぞ。〝勇者〟以外にそれができるとは思えんが」

「てめえ、本当にナチュラルに他人を煽りやがるな……わざとか？　わざとやってんだよな？」

要するに、勇者になれない者が何人束になろうが敵ではないと断言されたのだ。舐められていると思われても仕方がない。

またも無自覚のままラルグを挑発していることに気付かないルーカスは、悩んだ末にポンと手を打った。

「ではこうするのはどうだ？　そのバトルロイヤル、ティニーも参加させよう」

「私ですか？」

自分に振られるとは思っていなかったのか、ティニーは目を丸くする。

そんな彼女に、ルーカスはごく軽い調子で言った。

「俺自身が持つ六十位よりも、ティニーの十位の称号の方が釣れる生徒は多いだろうからな。もちろんタダでとは言わん、対価として俺が知る限りの〝魔法〟の秘伝を、お前に伝授してやろう」

「ルーカス様の秘伝を……直々に、ですか？」

「ああ。それに、お前も俺の配下を名乗るのであれば、力を示す場くらいは必要だろう。嫌か？」

「いえ、光栄です！　ありがとうございます、ルーカス様！」

キラキラと輝くその瞳に、「そんなに嬉しいか」とルーカスは苦笑する。

一方、そんなティニーを目にしたラルグは、あんぐりと口を開けたまま固まっていた。

「どうした？　初めて火を目にしたゴブリンのような顔をして」

「どんな例えだよ。いや、コイツがこんな顔してるところ、初めて見たからよ……驚いたんだ」

「ふむ、そうなのか？」

ルーカスの認識では、ティニーといえばいつもこんな具合にキラキラしているのだが、どうやら周囲の評価はそうでもなかったらしい。

言われてみれば、自分と話す時以外は口調も表情もまるで違うなと、今更ながらルーカスは思い返す。

(配下など、俺には居ようが居まいがどうでもいい存在だったのだが……なかなかどうして、面白いな)

ティニーに流れる勇者の血がそうさせるのか、はたまた他の要因か。

不思議と興味を惹かれる少女の存在に、ルーカスは居心地の良さを覚える。

「まあいい。どれだけ集まるか楽しみだな、ティニー」

「はい！　ルーカス様の腹心として、全て私が倒してみせます！」

「いやだから無理だろ普通に考えて!!」

あっという間に時は流れ、ルーカスの編入から一週間後。ついに、ルーカスとティニー、二人の序列を賭けた一大イベントの日がやって来た。

編入直後の騒動も合わせ、これほど短期間で二度も話題となるルーカスの名は、既に勇者学園内で知らぬ者はいないのではないかというほどである。

とはいえ、それが好意的な評価かといえば、そんなはずもない。

編入初日から騒ぎを起こした、〝魔族もどき〟とその仲間。

よりにもよって〝魔王〟を僭称して耳目を集め、慣習を無視して序列決闘の場に相手を引きずり込んだ卑怯者。

　そんな散々な言われようの〝悪役〟が、ここに来て更に〝全員纏めてかかってこい〟という挑発とも受け取れる決闘の舞台を用意したのだ。今こそ調子に乗っている悪鬼を討ち滅ぼさんと、多くの生徒が名乗りを上げた。

　ラルグの時のように、よく分からないうちに〝罠〟にかけられ、全員が返り討ちに遭ってしまうのでは。そんな慎重な意見もあったのだが……そもそもが、千年前の〝勇者〟の伝説を継ごうという気骨溢れる生徒達だ。罠がどうした、全て踏み超えてやると奮起する者の方が多く、広い闘技場が手狭に感じるほどの人数が集まっていた。

「ははは！　なかなか壮観だな。俺の力を見てこれだけの人数がなおも挑もうとしてくるとは、素晴らしいではないか！」

　ルーカスとしては、ラルグとの戦闘で自身の力をある程度周囲に示したつもりなので、このような発言が飛び出してくるのだが……そもそも、ラルグがなぜ、どうやって倒されたのか分かっていないという者の方が過半である。

　そうとは知らずご機嫌のルーカスに、ティニーが問いかけた。

「ルーカス様は、挑戦されるのがお好きなのですか？」

「む？　……そうだな、そうかもしれん」

　ルーカス自身無自覚だったのか、少し曖昧な返事になる。

そのまましばし、自身の考えを纏めるように虚空を見上げ、頬を緩めた。

「どんな生き物だろうと、一度敵わないと思い知った相手には二度と逆らったりしないものだ。だが、あいつだけは……勇者だけは違った。何度打ち負かしても、本当にしつこいほどに俺に挑みかかってきたものだ。ふっ……だからだろうな、こうして挑まれると、あいつを思い出して血が騒ぐ」

あのように、とルーカスが指し示した先には、大勢の生徒達に紛れて巨大な魔剣を構える、ラルグの姿があった。

「そういう意味では、間違いなく好きだし、楽しみだ。あいつらは俺に何を見せてくれるのかとな」

「そうですか……」

ルーカスの発言を聞けば、彼がどれだけ〝人〟を好いているのか、あるいは期待しているのかがよく分かる。

世界征服などとは無縁の思考。それを目的にしてルーカスを呼び出したティニーからすれば、期待外れとも言える答えのはずだが……彼女の表情は、どこか嬉しそうに緩んでいた。

「お前もだぞ、ティニー」

「はい？」

「この俺に堂々と自分の夢を語り、利用しようなどと企んだのはお前が初めてだからな。この戦いで、俺の配下としてどんな力と覚悟を示してくれるのか、楽しみにしているぞ」

「……はい！　お任せください、ルーカス様！　必ず期待に応えてみせます！」

意気軒昂（いきけんこう）に叫ぶティニーが魔剣を構え、ルーカスもまた例によって準備が間に合わなかった魔剣に代わり、木の枝を持つ。

立会人の教師が開始の宣言をすると同時に、挑戦者たる生徒達が一斉に雄叫びを上げて――

こうして、勇者学園始まって以来の大規模な決闘は、どこか明るい雰囲気の中で繰り広げられるのだった。

ルーカスとティニーの二人と、序列十位未満の希望者全員との戦い。
形式上はバトルロイヤルとなっているが、それを言葉通りに受け取っている者など参加者にも、観客にも誰もいなかった。生意気な編入生と〝魔族もどき〟を叩き潰せと、誰もが歓声を上げている。
しかし、そんな彼らの目論見は早々に打ち砕かれることになった。
ルーカスが開幕早々に発動した魔法、《魔兵召喚（サモンダークネス）》。魔力を押し固めて作った疑似的な魔法生命体を次々と生み出す魔法によって、数の有利が埋まってしまったのだ。

「うおぉ、なんだこの魔法⁉」

「黒い魔力……〝魔族もどき〟と同じ力か‼」

「道理で一緒にいるわけだぜ‼」

漆黒の悪魔がそのまま動き出したかのようなその生物に戸惑いながらも、挑戦者達は果敢に挑みかかっていく。

ティニーもまた、魔兵に交ざりながら生徒達と対峙(たいじ)して……ちらりと、《魔兵召喚(サモンダークネス)》を使ったきり動こうとしないルーカスを見る。

(今回は、私の力を見せてみろということですね……それに、この魔法……これが、ルーカス様の秘伝ですか)

魔法生物を作り出し、使役する魔法は存在する。

だが、本来は多数の素材を混ぜ合わせて、長い調合時間と儀式を経てじっくりと作り上げるものであり、間違ってもこんなにあっさりとその場で生み出していい存在ではない。

つまり、この魔法こそがルーカスの秘伝であり、実戦の中で学び取ってみせろと、そう言われているのだろう。少なくとも、ティニーはそう解釈した。

(やってみせます！)

期待されている。そう考えたティニーは、これまでできるだけ目立たないようにセーブしてきた力を解放する。

全身から溢れる漆黒の魔力を魔剣に込め、真横に振り抜いた。

「《黒剣一閃（ダークスラッシュ）》……‼」

漆黒の魔力が衝撃となって放たれ、剣を振った先にいた生徒達に襲い掛かる。

だが、これほどの人数だ。いくら序列上は格下とはいえ、決して訓練に手を抜いているわけではない生徒達を鎧袖一触（がいしゅういっしょく）とはいかない。

複数人で協力してティニーの魔法を防ぎ止めた彼らは、彼女を取り囲むように広がり、一斉に襲い掛かる。

咄嗟（とっさ）に防御姿勢に入るティニーだったが……そんな彼女を守るように、ルーカスの魔兵達が立ちはだかった。

それぞれが手のひらから漆黒の魔弾を放ち、攻撃しようとした生徒達を蹴散（けち）らしていく。

「ぐわぁ⁉」

「くそっ、つえぇぞコイツ！」

「油断するな‼」

背中に生えた翼のようなものでふわふわと浮かびながら、次々と魔法を放っていく。

それを見ていれば、確かに自分の魔法とは根本的に何かが違うとティニーは気付かされた。

(ルーカス様の魔法のように……もっと濃く、もっと濃密に魔力を練り上げて……‼)

元々黒かったティニーの魔力が、より深い闇色に染まっていく。

それを自身の魔剣に込め、再び先程と同じ要領で解き放った。

「《闇剣一閃(ダークネススラッシュ)》……‼」

先程放ったものとは雰囲気からして違うその魔法に、生徒達は守りを固めるが……今度は防ぎ切れず、派手に吹き飛んでいった。

「やった……！」

明らかに向上した威力に喜びながら振り返ると、ルーカスもまた満足そうに頷(うなず)いている。

そんな彼を見て、ティニーは心からの笑みを浮かべるのだった。

魔族特有の漆黒の魔力を隠そうともせず戦う二人の姿に、観客である生徒や教師の反応は様々だ。

やはり危険人物ではないかと危惧する者、不気味な力だと嫌悪する者、そして……純粋に、その圧倒的な力に畏怖する者など。

（強すぎる……あんなの、勝てるわけない）

会場の片隅で手すりを強く握り締めながら、アリアドネは心の中で呟いた。

彼女の実家であるバラード家は、ブレイブル王国が興ってからずっと続く、エニクス家に並

ぶほどの名家だ。

〝勇者〟を輩出したのも一度や二度ではなく、ここ数十年ほどの間は、適齢期の子供がいる時期は全てバラード家が勇者の座を取ってきたほど。アリアドネの父もそうだ。

だからこそだろう。アリアドネは、幼少の頃よりずっと厳しい教育を受けてきた。お前が〝勇者〟になるのだと。なって当然だと、周囲の誰からもそう言われて。

討ち滅ぼすべき敵もいなくなり、形骸化した〝勇者〟の称号になんの意味があると……いつの日からか抱くようになってしまった疑問を抱えたまま、ずっと。

「どうしてこんなことになっちゃったのよ……ティニー……」

アリアドネとティニーは、仲の良い幼馴染だった。

しかしある時を境に、激怒して帰ってきた父がアリアドネに言ったのだ。「もう二度とエニクス家の人間には関わるな」と。

それ以来、ティニーとはずっと疎遠のままだ。

最初は会ってはならない理由も分からず、何度も抗議をしていたのだが……やがて、ティニーが魔族の力を有していると知って何もしなくなってしまった。

勇者になるべくして育てられ、魔族は敵だと教えられてきたアリアドネにとって、そんな〝敵〟の力を持ったティニーとどう接すればいいのか分からなくなってしまったのだ。

そうしているうちに時は過ぎ、ティニーは〝魔族もどき〟などと呼ばれるようになっていた。

日夜怪しげな儀式を繰り返し、魔王を復活させようとしているなどと噂され……それでも、彼女は昔と変わらなかった。

周りの雑音には耳を貸さず、自分がやるべきと思ったことには真っ直ぐで……誰よりも、強い。

アリアドネが今、序列一位の座にいるのは、自身の実力だけではない。ティニーが序列戦にほとんど興味を示さず、十位に甘んじているからだ。少なくとも、アリアドネはずっとそう思っていた。

そして……今目の前で繰り広げられている彼女の戦いを見て、その考えはもはや確信に変わっている。恐らく、アリアドネと同じ結論に至る者も他にいるだろう。

そうなった時――自分が周囲から、父からどのような目で見られるのかを想像するだけで、恐怖のあまり吐き気すら湧き上がる。

「こんなこと、してる場合じゃない……訓練、しなきゃ……」

ティニーのようになりたいと、アリアドネは無意識のうちに考える。

もしあの子のように、周囲の目を気にせず好きなように生きられたら、こんなにも苦しいことはなかったのにと。

だが、アリアドネにはそんな生き方はできない。家族の、周囲の期待を背負ってこの学園に来た以上、絶対に序列一位の座を死守しなければならないのだ。

「私は……私は、〝勇者〟にならなきゃいけないんだから……」

どんな手を使ってでも。

そんな考えが呪詛のように染み付いたまま、アリアドネは幽鬼のような足取りで会場を後にするのだった。

ルーカスとティニーの二人が起こした大規模な決闘は、大方の予想を覆し、二人の勝利に終わった。

挑戦される側が勝ったため、序列の変動はなく終わったが……アリアドネに決闘を挑もうとするような血気盛んな生徒はほぼ全員参加していたため、彼女の予定には確実にしばらくの空きが生まれたはずだ。

そこに捩じ込む形で、ルーカスはアリアドネとの決闘を申請した。

全力のアリアドネと戦うのが楽しみだと語るルーカスに、ティニーもまたどんな決闘が見られるかとワクワクしていたのだが……そんな気持ちに水を差すような呼び出しを受け、ティニーはげんなりしながらも一人でその場所へ向かっていた。

王都から馬車で一時間ほどの隣町。魔法で強化されて飛躍的に速度が向上し、平民であっても気軽に遠くへ旅に出られるほどに平和になった現代において、もはや王都の庭先とも言えるほどに近いその町にあるのは、エニクス家の本邸。

　ティニーの父親が暮らす屋敷である。

　そんな屋敷の一室の前に立ったティニーは、気怠い気持ちを溜め息とともに吐き出しながら扉を叩く。

「入れ」

「……失礼します」

　無機質な声に反応し、中に足を踏み入れる。

　一言で言えば、殺風景な部屋だ。

　余計な物は何一つなく、ただ仕事さえできればそれでいいとばかりに、机が一つと資料置き場としての本棚があるだけ。

　そんな執務室の主は今、人を呼び出しておいてそれがどうしたとばかりに書類仕事に精を出していた。

　ティニーとよく似た銀の髪。しかし、心労故か色がくすんだそれは、銀というよりは灰色に近いかもしれない。

　エニクス家の当主、ベリル・エニクス。

　かつては王立魔法騎士団に名を連ねたこともある武人だ。

「随分と、派手にやっているようだな。少しは大人しくできないのか？」

「言われた通り、序列十位以内は維持しています。何か問題でも？」

「目立ち過ぎるなと言っているんだ。やり過ぎてお前が退学にでもなったら私が困る」

娘の顔には一瞬たりとも目を向けることなく、ただ淡々と伝える様は、とても親子の会話には見えない。

事実、ティニーはベリルから父親らしいことをされた記憶は全くないし、父親だと感じたこともなかった。

それこそ、ティニーの力が魔族に酷似していると周囲に知られるより前から、ずっと。

「力を示して勇者になるための学園なんですから、校則を守って力を示している間は大丈夫でしょう。私は魔族〝もどき〟であって、〝魔族〟ではないのですから」

なぜか、魔族に酷似した力を持って生まれた。だがルーカスも認めた通り、ティニーの体も魂も間違いなく人間のそれであり、魔族ではない。

陰口は叩かれるし、本気で勇者を目指そうとすれば相応しくないと騒ぐ者も増えるだろうが、今のところそんなつもりもない以上は、退学させられることもないだろう。

「本当に魔族でなければな」

「……どういう意味ですか？」

「お前が学園に捩じ込めと言ってきたあの男は何者だ？　明らかに普通の人間ではあるまい」

ここに来て、ようやくベリルがティニーの顔を見た。

エニクス家が実の娘に暗殺者を放って殺そうとしているなどという醜聞は、たとえ噂であっても不利益(ふりえき)になる。だから黙っている代わりに生徒として捩じ込めと言われ、ベリルはあっさりとそれを許可した。

もちろん、暗殺者云々の話をばら撒(ま)かれると面倒だというのも理由の一つだが……一番の理由は、ベリル自身がティニーをこの家に縛り付けておきたいと考えているからである。

親子の情ではなく、純粋な利用価値として。彼自身のとある目的のために、ティニーの存在が必要だった。

だが、だからこそ、ティニーが連れ込んだ男が想像以上の力を持つと聞いて、急遽確かめる必要が出てきたのだ。

そんなベリルに向けて、ティニーはどこか自慢げに告げた。

「彼が魔王だって言ったら、信じますか?」

「……本気で言っているのか?」

「本気ですよ。私はついに魔王様の召喚に成功したのです」

ティニーがこれほど堂々と言っているのは、どうせ信じるわけがないと高を括っているからである。

娘にも、学園の序列戦にも大して興味のない彼が、本物の魔王かどうかになどさして気にしないだろうと考えて。

しかし、そんなティニーの考えとは裏腹に、ベリルは何やら真剣な表情で黙り込む。

「……お父様？」

「いや……何でもない。魔王ごっこも程々にしておけ、過激な勇者至上主義者に見つかれば面倒なことになるからな。流石にそこまでは面倒を見きれん」

「言われなくとも、そこまで世話になるつもりはないですよ。……話はもう終わりですか？」

「ああ、もう帰っていい。ただ、検査だけは忘れずに受けていけよ」

「分かりました」

それでは、とティニーは部屋を出ていった。

この後、魔族の力と体の変化を確かめるため定期的に行われている検診を受けて、学園に帰っていくのだろう。普段のベリルならそれを意識することすらせず、報告書だけを受け取っていたはずだ。

しかし、この日は違った。

「魔王……魔王か。もし本当なら……ふふっ、最高だな」

娘よりも関心を向けていた目の前の書類すら放り出し、ベリルは立ち上がる。

ルーカスのいる、勇者学園へと向かうために。

◆◆◆

「もっとだ、もっと深く、濃密に魔力を練れ。魔法を扱う上で重要なのは、絶対量よりもむしろ濃度だ」

「…………！」

ティニーが魔法学園へと戻った後、ルーカスは彼女に魔法を指導していた。

バトルロイヤル参戦の条件として提示したもので、ティニーとしてはあの時見せられた手本だけでも十分に価値のあるものだったが、ルーカスはちゃんと個別指導もするつもりだったらしい。学園の授業が休みの今日、教えてやろうと言い出したのだ。

意外と面倒見がいいんだな、などと思ったのは、決して口には出さないティニーの本音である。

「一度に操作できる魔力の大きさは、いくら魔力量そのものが増えようと変わりはない。だがその分、普段から魔力をより小さく凝縮し練り上げておけば、一つの魔法で発揮される力に大きな差が生まれる。それを更に突き詰めていけば、枠に囚われぬティニーだけのオリジナルの魔法を生み出すことさえ可能となるだろう。ある意味、それこそが魔族の〝異能〟であり、お前が目指すべき魔法の形だ。覚えておけ」

「はい……!!」

　二人が暮らす、エニクス家の別荘。その小さな庭で、ティニーは静かに瞑想を続ける。

　手を合わせ、真摯な祈りを捧げるようなその仕草はそれだけなら神聖なものに見えるが、溢れ出る力は不気味な雰囲気漂う漆黒の魔力だ。邪教の儀式と言われた方がしっくりくるだろう。

　もっとも、この場にいるのは一般的に〝邪教〟の最たるものとされる魔王本人と、この時代における一人目の配下である以上、何も間違ってはいないのだが。

「《魔弾(ダークネスバレット)》……!!」

　闇をそのまま凝縮したかのような漆黒の弾丸が、ティニーの手から放たれる。

　それは狙い違わず、ルーカスに向けて飛んでいき……彼の手のひらに触れた途端、風船が爆(は)ぜるかのようにあっさりと消滅した。

「うむ、悪くないぞ。先程よりもずっと威力が向上している」

「あ、ありがとうございます……」

　見た目の上では、ルーカスの言う〝先程〟と何一つ変わりがないので、いまいち喜べないティニー。

　そんな彼女の複雑な心境などお構いなしに、ルーカスは更にあっさりと追加の目標を打ち立てた。

「では、次はその状態を一日中維持する訓練だな。そこまで至れれば、お前も《魔兵召喚(サモンダークネス)》くらいは使えるようになるはずだ」

「……あの、ルーカス様。この限界まで魔力を圧縮して練り上げる状態、ものすごく大変なんですが……これを、一日中、ですか？」

「ああ、食事の時も、寝ても覚めてもずっとだ。その状態が自然になるまでな。簡単だろう？」

「………………」

どこが簡単なんだ、というのがティニーの率直な気持ちだったが、続くルーカスの言葉であっさりと奮起する。

「何、お前ならできるさ。この俺の配下なのだからな」

「はい……!!　やってみせます!!」

気合十分、ティニーは再び瞑想に入った。

一度できるようになったので、練り上げること自体は問題ないのだが……それを維持して日常生活を送るとなると、やはりできる気はしない。事実、一歩歩いただけで霧散してしまった。

「もう一度……!!」

それでもめげずに、ティニーが訓練を続ける。

そんな彼女の様子をルーカスが微笑ましげに眺めながら、ゆっくりと時間が過ぎていき……

ふと、ティニーが口を開いた。

「そういえば……ルーカス様は、こんなに長く私に付き合っていて大丈夫なのですか？　休み明けには、アリアとの決闘もあるはずですが……」

ルーカスが企んだバトルロイヤル形式の決闘は、生徒達を纏めて相手取ることで〝勇者〟の素質を持った人間を効率よく探し出すという意味もあったが、一番の目的はアリアドネが抱えている大量の決闘予定を白紙に戻し、ルーカスが挑むための時間をつくらせることだった。

その目的は見事達成され、アリアドネは休み明けにルーカスと戦うことになっているのだが……彼にそれを意識している様子は見られない。

「む？　それは明日の話だろう？　お前に魔法を伝授する約束を果たすことよりも重要か？」

「……ルーカス様、時々そういうずるい言葉をさらっと言いますよね」

ずるいと言われても全く自覚のないルーカスは、どういう意味だと首を傾げる。

そんな彼から照れ顔を隠すようにそっぽを向いていたティニーだったが、全く理解されていない以上意味はないかと思い直す。

「でしたら、今日のところはとことん付き合ってもらいますね。力を付ければ、その分世界征服に近付きますから」

「そういえば、そんなことが目的だと言っていたな、お前は」

ここしばらくは決闘だ序列だという話ですっかり忘れていたが、ティニーがルーカスを呼び出した理由は世界征服のためだと言っていた。

ルーカスの勇者探しという目的を今は優先してくれているが、それが終わったら世界征服のために動くのだろう。

それに協力するのかと聞かれれば、微妙なところだが。

(世界征服は流石にどうかと思うが、ティニーが望む世界をつくる力になるくらいなら、やってもいいかもしれないな)

ルーカスは一応は魔族というくくりに入っているが、別段種族に対する拘りなどない。

生まれた時から一人で、家族というものが存在しなかった彼にしてみれば、〝魔族だから〟という理由で仲間扱いされ、勝手に自分の名で戦争を始めた連中のために戦うのがいかに馬鹿らしいかという話である。

しかし……〝魔王としての力〟を求めるばかりでなく、〝ルーカス個人の意思〟を尊重しようとしてくれているティニーのためなら、力を振るってもいいと思えるのだ。

「ティニー」

「はい、何でしょうか?」

「お前は、仮に世界征服を果たしたら、何をしたいのだ?」

ルーカスの問いかけに、ティニーは少しだけきょとんと目を見開き……すぐに、満面の笑みで告げた。

「これまで私を除け者にしてきた人達に、ざまーみろって笑いながら……私の部下にして、一生平和のためにこき使ってやります!」

「最悪だな。だが、悪くない」

言葉だけ見れば本当に最悪だが、言葉通り嫌がらせのためにこき使うと言っているわけではないことくらい、付き合いの短いルーカスでも十分に察せられた。

人に疎まれ、蔑まれて、そんな〝平和〟な仕返しをしたいと望むティニーの願いに、ルーカスもまた笑みを浮かべる。

「ならば尚更、気合を入れて臨まなければならないな。勇者との決着をつけて、心置きなくこの世界を手に入れてやろう」

「はい……！」

アリアドネに勇者の素質があるかは分からないが、この学園での一つの区切りにはなるだろう。

それを見据えながら、この日は二人で訓練を楽しみ、決闘当日である翌日を迎えて――

その日、アリアドネは誰にも知られることなく、学園から忽然と姿を消した。

第三章　勇者候補生失踪事件

「アリアドネが行方不明……？　どういうことだ？」

「分かりません……昨日、なぜか寮に戻ってこないということで、捜索願が出されたようです」

休み明け、ようやくアリアドネと決闘ができると張り切っていたルーカスだったが、いざ学園に登校してみれば当のアリアドネが行方不明になっていた。

普段なら絶対に規則を破らず無断欠席もしないアリアドネの突然の失踪に、一体何事かと噂になっているようだ。

「面倒な……この俺の予定を狂わせるとは。しかし、アリアドネがそこらの賊に後れを取るとも思えんな」

「私もそう思います。とはいえ、誘拐以外でアリアが失踪する理由もありませんし……」

アリアドネは勇者候補生序列一位ではあるが、あくまで学生だ。実際にかつて勇者選定試験を勝ち抜いた元勇者の大人もいるので、誰が相手でも絶対に負けないというわけではない。

とはいえ……やはり序列一位が犯罪者に後れを取ったのではというのは醜聞になるのか、周囲からは心無い声も聞こえてくる。

「なんだよ、いつも偉そうにしてた割には大したことないな、アリアドネも」

「いつもやってる決闘も、実は裏でバラード家の力が働いてたのかもね」

「ついに化けの皮が剝がれたってわけか」

「…………」

ひそひそと囁くように聞こえてくる声に、ティニーが表情を曇らせる。

序列一位として決闘に臨むアリアドネに、散々黄色い声援を送っていた生徒達が、一度の醜聞で手のひらを返す状況に、ルーカスもまた溜め息を溢し……勢いよく立ち上がった。

「ルーカス様、どうされましたか？」

「このままでは、いつまで経っても勇者探しが進まんからな、この俺が自ら、アリアドネの行方を捜すとしよう。お前も来るか？　ティニー」

「はい！　……あ、でもルーカス様、授業はどうされますか？　楽しみにされていたようですが」

今日は休みではないので、普通に授業がある。

ルーカスに授業が必要かというと、恐らく大勢の教師は「自分で勉強した方が早いだろう」と感じるのは間違いない。が、当のルーカスは存外学園の授業を気に入っているようで、受けられる授業は全て出席するほどの勤勉ぶりだった。

それを後回しにしてまで捜索してくれるのかと暗に問いかけるティニーに、ルーカスは問題ないと指を鳴らす。

途端、足元から出現するのは、以前のバトルロイヤルでも使用していた魔兵召喚魔法だ。

不気味な姿をした漆黒の魔法生物を指して、ルーカスは事もなげに言う。

「こいつを代わりに受けさせる。あとで記憶の共有を行えば、俺が直接受けたのと同じことだからな」

「なるほど、そのような使い方もできるのですね……流石です、ルーカス様」

「どこが流石なんだよ、こんなもんと一緒に授業なんて受けられるわけねえだろ⁉　つーかお前ら、授業中に堂々とサボりの段取りしてんじゃねえ‼」

得意気なルーカスに、全肯定のティニー。そんな二人に待ったをかけたのは、編入初日にルーカスに倒され、その後のバトルロイヤルでもあっさりと撃破されてしまっている哀れな元勇者候補生、ラルグである。

そう、二人はこれまで長々と話していたが、全て授業中の話だ。アリアドネの失踪を受けて緊急会議が開かれているとのことで、急遽自習という形になり、生徒達も好き放題雑談に興じていたのは確かだが……それにしても、ここまで堂々と抜け出そうとしたのは二人だけだ。これには流石に、不良じみた言動の多いラルグもたまらずツッコミを入れてしまう。

そんな彼に、ティニーは冷たい眼差しで答えた。

「一人だけ課題の小テストすらクリアできないからって、ルーカス様の邪魔をしないで。そんなだから候補生になかなか戻れない」

「うぐっ……⁉ べ、別に頭の良さと勇者とは関係ねえだろ⁉」

急遽決まった自習ではあるが、一応は課題となるテストがあった。とはいえ、その内容は大して吟味されてもいない、無難で簡単なものだ。ルーカスやティニーに限らず、この授業を選択した生徒のほとんどが既にそれを終えている。

が、ラルグだけは終わっていない。どうやら頭ではなく筋肉で考えるタイプらしい。

「なんだ、困っているなら教えてやろうか？ 調査の途中にでも」

「俺にもサボれってか⁉ こちとら単位ギリギリなんだよ、そんな真似できるか！」

「えぇ……そんな人いるんだ……」

ラルグの叫びに、ティニーはドン引きする。

ここは勇者学園、勇者の後継者を育て、平和を守る礎となる者を育成する場だ。もちろん学力も大事だが、どちらかというと戦闘力の方が重視されている。学ぶ学問も、基礎教養を除けば大抵が軍事や戦闘関係だ。

そして、必修となっている基礎教養は、本当に最低限の評価で単位を得られるはずなのだが……ラルグはそれすら厳しいらしい。

そんなことで大丈夫かと、他人事ながら心配になるティニーである。

「だからこそだろう。俺の魔法で出席数を稼いで、その時間の記憶はしっかりと後で脳裏に焼き付けられる上に、この俺の教えも同時に受けることができるのだぞ。得しかないというのに、何が問題なのだ？」

「お前のこの不気味過ぎる魔法で出席した扱いになると思ってるその頭が問題しかねえよ‼」

真っ黒な悪魔のようなその魔法生物を見て、特定の生徒が出席してきたなどと考える教師はいない。何なら、見た瞬間に魔族でも紛れ込んだのかと攻撃されても文句は言えないだろう。

そんなラルグの指摘を受けて、そういうものかとルーカスは頷(うなず)いた。

「ならば、これで問題はないか？」

もう一度指を弾(はじ)くと、召喚された魔兵がその姿を崩し、もう一度作り直されていく。

すると……そこにいたのは、ルーカスと瓜二つ、パッと見では全く本人と見分けがつかない分身だった。

「いやなんだこの魔法⁉　あんなにクソ強かったのにその上見た目まで弄れるってどうなってんだ⁉」

「そう驚くことでもあるまい。お前も学べばすぐにできるようになるだろう」

「できるか‼　……い、一応参考までに聞きたいんだが、どれくらいでできるようになるんだ？」

「そうだな、三十年ほどじゃないか？」

「どこがすぐだよ⁉　やっぱバカにしてんだろてめぇ‼」

ルーカスの感覚からすればすぐなのだが、普通の人間からすればあまりにも長い。

そんな種族間ギャップでぎゃあぎゃあと喧嘩する二人だったが……何だかんだで、ラルグも一緒についていくことになった。

もちろん、周囲の生徒にはとっくにバレバレとなった魔兵を三人分残して。

「うむ、気に入らないと口では言いつつも貪欲に強さを求めるその姿勢、称賛するぞ、ラルグ」

「お前に褒められても嬉しくねえ‼」

ラルグを合わせた三人で向かう先は、アリアドネが寝泊まりしている学生寮だ。

ティニーのエニクス家と違い、アリアドネのバラード家は王都からかなりの距離がある場所に本拠を構えているため、別荘ではなく寮を利用しているという。

そんな寮へ向かう道すがら、ラルグの叫びを聞いてルーカスは噴き出した。

「何笑ってんだ？」

「いや何、今のお前と全く同じ言葉を口癖のように言ってくる男を知っているのでな。懐かしい気持ちになっただけだ」

「それ、絶対にそいつの口癖じゃなくて、お前が無自覚に相手を煽り散らしてたからだろ。少しは反省しやがれ」

「ああ、そうだった。どうも俺はその気がなくとも人を怒らせてしまうようだからな、悪いがティニー、どうすればいいか教えてくれないか？」

元々の種族の違いや生きた年代の違いがある以上、そういったすれ違いが起こるのはある意味当然である。今後のためにそれを何とかしようとして、すっかり忘れていた。

今度は忘れないようにと、その場でティニーに問いかけるのだが……。

「ルーカス様はそのままで問題ありません。無敵の魔王が人に媚びる必要はありませんので！」

ティニーは魔王信者であるため、こんな答えしか返ってこなかった。

「ふむ……そうか」

「そうかじゃねえ!!　どう考えても人選ミスだろ、もっとまともな人間に聞け!!」

「悪いが、俺の知り合いはティニーとお前だけだ」

「だろうな!!　お前に他の友達がいるなんて言われたらそっちの方が驚きだっての!!　……いや、俺も別に友達じゃねえけど!!」

仕方ねえ、と溜め息を溢しながら、ラルグが懇切丁寧に説明し始めた。

人と話す時に気を付けること。オブラートに包むことの大切さ。コミュニケーションに正解はなく、相手によって柔軟に変えていくのが大事なのだということを。

それを、ルーカスはほうほうと興味深そうに頷きながら聞き……ティニーは、まるでアンデッドでも目の当たりにしたかのように目を丸くしていた。

「普段から粗暴でバカで言葉遣いが汚いことで有名だったラルグが、そんな常識的なことを知ってるなんて……実は偽物？　本物はもう失踪してたりしない？」

「てめえも大概失礼なやつだな!?　こんなもん一般常識だろうが!!」

「なら、どうしてその一般常識を自分で実践しないの？」

「うぐっ、それは……」

あまりにもご尤もなツッコミを受け、ラルグは言葉を詰まらせる。

ルーカスとティニー、二人分の好奇心のこもった眼差しを向けられて、やがてラルグは観念したかのようにボソリと理由を口にした。

「……こういう威圧的な口調の方が、学園の生徒に田舎者だって舐められないで済むし……俺自身、こっちの方が強くなれた気がして自信が持てるから……」

「「…………」」

「な、なんだお前ら、なんか文句あんのかコラァ!?」

顔を真っ赤にしながら、今にも物理的に噛み付いてきそうな勢いでラルグは叫ぶ。

彼の出身は、特に名も無い辺境の農村だ。

村一番の力自慢であり、生まれつき魔法の才能を持っていた。それを腐らせないようにと、村人総出で資金を貯め、彼を勇者学園へ送り出してくれたらしい。

それに報いるためなら、虚勢だって張るしプライドだって捨ててやる――そんなラルグの話に、ティニーは目を丸くしていた。

「……ラルグにもそんな事情があったんだ。その……なんかごめん」

「お前にそんな殊勝な態度を取られると、調子狂うな……」

これまで邪険にしていたことを謝るティニーと、慣れないやり取りに頬を掻くラルグ。

そんな二人を、ルーカスはどこか微笑ましそうに見つめていた。

「……なんだよ、その目は。お前もなんか言いたいことでもあんのか？」

「いや。案外、お前のようなやつが〝真の勇者〟なのかもしれないと思っただけだ」

「はあ……？　候補生でもない男捕まえて何言ってんだてめえは……」

呆れ顔のラルグに意味深な笑みを向けながら歩を進め、やがてルーカス達はアリアドネが暮らす学生寮に辿り着く。

本来、女子が生活する寮に男子が足を踏み入れてはいけない決まりなのだが……今は授業中で誰もいない上に、そもそもルーカスは性差など気にするような性格をしていない。ズカズカと躊躇いなく入っていく姿に、ラルグは頭を抱えていた。

「ここがアリアの部屋です」

「ふむ、そうか。では入るとしよう」

「えっ、マジで中まで行くのかお前ら？」

それどころか、主不在の部屋にまで足を踏み入れる二人に、ラルグはついていくべきか否か今更な葛藤を始める。

そんな彼を放置したまま、ルーカスとティニーはさっさと調査を開始した。

「とはいえ、どうするのですか？　証拠になりそうなものは、既に捜索隊が調べ終わったかと思いますが」

「問題はない。俺はアリアドネの魔力の残滓を捜しに来ただけだからな」

「残滓……ですか？」

「ああ。それを辿って、アリアドネのいる場所を捜す。……体の一部でも残っていれば、わざわざ捜さずとも確実に見つけられるのだがな」

「怖えこと言うなよ……」

ラルグにドン引きされながら、ルーカスが指を鳴らして魔法を発動すると……部屋の中に、赤く輝く魔力が浮かび上がってきた。

思わぬ光景に、ティニーと……結局は部屋の中に入ってきたラルグもまた驚愕する。

「部屋の中にもっとも多く漂うこれが、アリアドネの魔力だろう。行方不明になった昨日、あの娘がどのような行動を取っていたか、これで大まかに把握できる」

「すごいです、このような魔法まで……！」

「魔力への感覚を研ぎ澄ませ、より深く感知できるようになれば簡単だ。魔法それ自体は、魔力を活性化させるだけのものだからな」

「それが難しいっつってんだが」

ラルグのツッコミを受けながら、早速三人は行動を開始する。

赤い魔力の線を見る限り、昨日アリアドネはこの部屋を出てどこかに行ったのは間違いないが、その後部屋に戻ってはいないらしい。

つまり、出先で何かがあったのは間違いない。その痕跡を辿っていくと……。

「まず向かったのは、ここか」

「駄菓子屋だな……俺もよく来るところだが、バラード家のお嬢様が来るなんて意外だな」

到着したのは、勇者学園の敷地内にある駄菓子屋だった。

庶民向けの店であり、ラルグのように地方の田舎出身の若者ならまだしも、名家のご令嬢たるアリアドネが来るには少々不釣り合いな感は否めない。

それは、彼女をよく知るティニーにとっても同じだったようで、変なの、と疑問符を浮かべている。

「アリア、甘いものは苦手だって言ってたはずなんだけど……どうしたんだろう」

「ふむ、まあ一応店主に話を聞いてみるか。何か分かるかもしれん」

疑問を感じたならば聞けばいい、とばかりにルーカスが店内へと入っていく。

扉を開けると同時に、チリンチリン、と鈴の鳴る音に出迎えられ、それにぴくりと反応した優しい風貌の女性店主に声をかけられた。

「あら……初めて来るお客さんですね、いらっしゃい」

「おい、早く会計を済ませろ、こっちは待ってんだよ」

「おっと……すみません、すぐに進めますね」

先客がいたのか、会計を進める店主。

一つ一つ、小銭の形を確かめるように数えながら、その男子へとお釣りを支払った。

それを受け取ると、礼の一つも残さず男子は出ていこうとする。

「邪魔だ、退け」

「っ……」

ティニーの肩を押し退け、強引に突き飛ばす。

どこか慌てた様子の彼に、ティニーが文句を言おうとして……それより早く、ルーカスがその肩を摑(つか)んだ。

「待て。お前、忘れているぞ」

「忘れてるって何を……」

「お前のポケット、中に随分と大量の菓子が入っているだろう。その代金は払っていないように見える」

「っ……!?」

ルーカスの言葉に男子生徒はびくりと肩を震わせ、ティニーとラルグの視線が一気に冷たくなる。

　針の筵(むしろ)に耐えかねたのか、その生徒は冷や汗と共(とも)に振り返った。

「な、何を買うか迷ってたら、出すのを忘れただけだ！　……じゃあな！」

「む？　おおっと」

　ポケットの中に入っていた菓子類をルーカスに押し付けると、そのまま男子生徒は走り去っていく。

　それを見送りながら、ルーカスは首を傾げた。

「なんだったのだ、一体？」

「どう見ても万引きだろ。しかしお前、あんなチラッと見ただけでよく分かったな？」

「店の商品を得る対価として貨幣を支払うという風習については、ティニーから教わったからな。ヤツが手にしていた菓子の値段と、受け取った釣り銭の額から支払金を推測すれば、計算が合わないことはすぐに分かる」

「すげえ……すげえけどお前、ティニーから教わったって……今までどんな場所で暮らしてたんだよ……？」

　呆れるラルグをスルーして、ルーカスは店主の前に立つ。

　目の前で商品が盗まれかけていたというのに、カウンターに座ったまま穏やかに笑う彼女に、できる限り落ち着いた口調で話しかけた。

「騒がしくして悪かったな。俺達は聞きたいことがある、情報料としてこれらを買い取る故、教えてほしい」

「聞きたいことがあるなら、私に答えられることは何でも答えますから、気にしなくても大丈夫ですよ？」

「何、こうした食べ物にも興味があるからな、一度食べてみようと思ったのも理由だ。気にするな」

「そうですか、ありがとうございます……それで、何を聞きたいんでしょう？」

「アリアドネ・バラードという生徒を知っているか？　昨日ここに来たと思うのだが」

「うーん……すみません、名前だけじゃなんとも……」

「こんな声の生徒だ。『覚えはない？』」

魔法でアリアドネそっくりの声を出すルーカスに、ティニーとラルグはギョッと目を剝く。

一方で、店主はそれを聞いてピンときたのか、手を叩いた。

「ああ……毎週このお店でたくさんのお菓子を買ってくれる、優しい生徒さんですね。そうですか、何度名前を聞いても教えてくれなかったんですけど、アリアドネちゃんっていうんですね」

「そうなのか……実はそのアリアドネが、昨日から行方不明になっていてな。彼女の昨日の足取りを追っているところなのだ」

「ええ……!?　それは大変です！」

「ああ。故に、アリアドネがここに来た時、何か話していなかったかと思ってな」

「うーん、特に話はしていないんですが……何か、落ち込んでいるみたいでしたね。何かあったんですかって聞いても、教えてくれなかったんですけど」

「そうか……この後どこへ向かったかは、聞いているか？」

「分かりません……ああでも、こんな私なんかのために、そんなにたくさんお菓子を買っても余らせちゃうんじゃないですか？　って聞いたら、必要な人にアテがあるから大丈夫だ、って言っていましたね。多分、その〝アテ〟っていうところに行ったんだと思いますが……」

「なるほどな。貴重な情報を感謝する、店主」

「いえいえ、こんなことしかできなくて申し訳ないくらいですよ。アリアドネちゃんのこと、よろしくお願いします」

「ああ。それと……やはり、情報の対価が商品の購入だけというのは、些か不誠実だ。これも受け取るといい」

そう言って、ルーカスは店主の額にトンと指先を触れ、魔力を流す。

自分が何をされたのか、いまいちよく分かっていない様子の店主だったが……みるみるうちに、その目をまん丸に見開いていく。

「こ、これは……!?　あ、あなた、いえ、あなた様は、一体……!?」

「ふっ……ただの、通りすがりの魔王だとも。それではな、店主」

そんな言葉と、菓子の代金だけを残して、ルーカスはティニーとラルグを伴い踵を返す。

店を出たところで、まず口を開いたのはティニーだった。

「ルーカス様、先程のあれは……」

「む？　目が見えぬようであったからな、謝礼として治してやったのだ」

「ルーカス様、流石です……一度失明した目も治してしまうだなんて」

魔法は戦闘や日常生活以外に、医療としても活用され、日夜研究されている。

そんな医療の分野でも、ルーカスは遥か先を行っているのかとティニーはいつものように感動の涙を流す。

「こればかりは、俺の魔力ありきの力技だ。後は、人の魔法を参考にさせてもらった」

「人の……ですか？」

「ああ、授業で応急処置の魔法を習ったろう、あれを少々改良させてもらったのだ」

「……やっぱり、流石です」

事もなげに言っているが、応急処置の魔法はちょっとした止血と殺菌の効果しかない。

それを一度学んだだけで、何をどうしたら目の治療を可能とする魔法に昇華できるのか、ティニーにはさっぱり理解できなかった。

そして、同じく理解できないとばかりに複雑な表情を浮かべているのがラルグである。

「なあ……お前、あの店主さんにはめちゃくちゃ丁寧に接してたけどよ、ああいう気配りができるんならなんで俺にはやらねえんだ？　やっぱ女だからか？　ああ？」

「む？　おかしなことを言う奴だな、それこそ先程お前から教わった〝気遣い〟というものを実践しただけだが。何か間違っていたか？」

「あんなちょっと教えただけで直せるなら、なんで最初からできてねえんだよ⁉　本当にお前はこれまでの人生どう生きてきたんだ⁉」

「魔王として生きてきたが」

正直に答えるルーカスだったが、煙に巻かれているとでも思ったのか、ラルグは「はいはい魔王魔王」と軽く聞き流す。

代わりに、話を元に戻すように真面目な顔で口を開いた。

「それで？　次はどうすんだよ。結局アリアドネの手がかりはあんまりなかったけどよ」

「十分貰ったとも。ともかく、このまま魔力を辿ってあいつの足跡を追うぞ」

「はい、ルーカス様」

「おう。……って、結局それなら話を聞く必要はなかったんじゃねえの⁉」

「そうでもないぞ。魔力とは魂から滲み出る力、心を映し出す鏡だ。相手のパーソナリティを深く知れば知るほどに、たとえ微かな痕跡だろうと辿りやすくなるのだ」

もっとも、と。

ルーカスは、少しばかり険しい表情で呟いた。

「それで必ず見つけ出せるとも限らないがな」

「アリアドネ様は、毎週のようにここへ来て、たくさんのお菓子やおもちゃを寄付してくださっておりました。それだけでなく、時間を見つけては子供達の遊び相手にもなってくださって……感謝しております」

「ふむ、そうか……」

アリアドネの痕跡を辿って到着したのは、王都の外れにある孤児院だった。どうやらここで、先の駄菓子屋から購入したものを寄付していたらしい。

それだけでなく、ここに来るまでにも何軒か店を回って色々なものを買って持ち込んでいたようで、子供達からも大人気だったようだ。

そんな孤児院で保育士をしている女性に、アリアドネの失踪を伝えると、心底驚いた様子で目を伏せた。

「そうですか……ご無事だといいのですが……」

「その後、アリアドネがどうしているかは知っているか？」

「いえ……あまり、ご自身のプライベートについては教えてくださらない方だったので。お力になれず、すみません」

アリアドネがバラード家の人間だということでさえ、本人が明かしたわけではなく、人伝に聞いてようやく知った程度らしい。彼女がどれだけ自分を隠すようにこの活動をしていたか、よく分かるというものだ。

しかし、その行動は間違いなく誠実なものだったのだろう。子供達は口々にアリアドネについて尋ねてくる。

「なんだー、アリアねーちゃんはいないのかー」

「なーなー、ねーちゃん達、アリアねーちゃんと同じ学園の人なんだろー、ねーちゃんの友達かー？」

「えっと、それは……」

子供達から無邪気に問いかけられ、ティニーがどう答えるべきか迷っている。

そんな彼女を見て、ラルグがこの上ないほど悪辣な顔で話に割り込んでいった。

「誰が友達だ、あいつは俺のライバルだ‼　いずれけちょんけちょんに叩きのめしてやる予定だから、覚悟しとけよガキども‼」

「敵？　わるいやつ！」

「おねーちゃんの敵はやっつけろ！」

「ぎゃははは！　やれるものならやってみやがれぇ！」

向かってくる子供達を、ラルグは大人気なく摑んでは投げ、摑んでは投げと相手をし、当たり前のように泣かせている。

そんな彼をティニーが引っ叩いて黙らせると、子供達は当然のようにティニーに懐いた。

子供達に取り囲まれて戸惑うティニーと、たんこぶを作って地面に倒れ伏すラルグ。

そんな光景に、ルーカスと話していた保育士の女性は薄く微笑んだ。

「アリアドネ様は、いつも一人で、どこか寂しそうな表情をしておられました。学園で上手くやっているのか不安でしたが……杞憂だったようで何よりです。私には何もできませんが……アリアドネ様のこと、よろしくお願いします」

「何もできないということはない。それに、そこに転がっている阿呆ではないが、俺にとってもアリアドネは決着をつけるべき相手だからな、必ず見つけ出すとも」

そう宣言し、ルーカスはティニーやラルグを連れて孤児院を後にする。

倒れているところを子供達にポカポカと殴られたり髪を引っ張られたりと散々やられたラルグは、やれやれと肩を竦めながら毒づいた。

「全く、酷い目に遭ったぜ。これだからガキは……アリアドネのやつ、よくもまあこんなところに毎週通えたもんだな、正直尊敬するぜ」

「うん、私も……もうずっと話もできてないけど、アリアが変わってなくて安心した」

ボロボロのラルグに並んで呟くティニーの言葉に、万感の思いがこもる。

それを見て、ルーカスはふっと微笑んだ。

「アリアドネは、ティニーにとって紛れもない〝勇者〟なのだな」

「あ……はい。昔から、優しくて、強くて……良い子でしたから」

その〝昔〟に何があったのかは、ルーカスには分からない。

だが、勇者を探しているという彼を学園に招き入れたのは、間違いなくアリアドネの存在あってのことだろう。

「申し訳ありません、ルーカス様の配下でありながら、勇者に対してこのような……」

「構わんさ、俺も似たようなものだ。それに、お前は最初からアリアドネのために動いていたのだろう？」

「……え？」

目を丸くするティニーに、ルーカスは笑いかける。

何を願っていても構わないと、そう告げるように。

「早く見つけ出すぞ。配下のお前がその調子では、俺も気が気ではないからな」

「……はい！」

そう言って、アリアドネの痕跡を辿り続けたルーカス達だが、この日は結局、彼女を見つけ出すことはできなかった。とある路地に入った瞬間、まるで世界そのものから消え失せたかのように、魔力を辿れなくなったのだ。

しかも、それだけではない。この日、更にもう一名の勇者候補生が姿を消すことになる。

連続する失踪事件。この事態を重く受け止めた勇者学園は本格的な捜査を開始するのだが、その間も次々と候補生が消えていき——そんな中で、真っ先に容疑者として名前が挙がったのは。

ルーカス・アルバレアだった。

幼年学校。まだ勇者学園に通うような年齢に達していない貴族の子供達が集められ、読み書きや計算などを習うためにつくられた、私塾のような小さな学校である。

そんな幼年学校の中でも、特に名門の子弟が集うその場所で、一人の幼い少女が虐められていた。

銀髪の、可愛らしい子だ。いつもどこかボーッとしていて、周囲にあまり関心を払わない浮世離れした子だったが、そんな彼女にアリアドネはどこか惹(ひ)かれるものを感じていた。

だからだろう。アリアドネはその光景を見るや否や、すぐさま飛び込んでいた。

「ちょっとアンタ達！　女の子一人を寄って集(たか)って虐めて、恥ずかしいと思わないの⁉」

「あ？　なんだよコイツ」

「アレだよ、バラード家の……」

「ちっ……面倒くさいのに見つかったな」

名門と呼ばれる家の中にあっても、バラード家は特に力がある。故に、大抵の場合は家の名前を出せばすぐに解決する。

だが、この時ばかりはそうはいかなかった。

「別に虐めてなんかいねえよ、コイツが俺を無視するから、ちょっと文句言ってただけだ」

「………」

女の子は、何も言わない。ただ目の前の全てを興味のないものとして意識から外しているような、そんな目をしていた。

なまじ、彼女の出身がエニクス家というのも良くなかったのだろう。かつては勇者の血を引く名門としてその名を轟かせていたが、長らく勇者選定試験を勝ち抜けるような人材を輩出できていないが故に、〝血筋だけを誇る落ちぶれた家〟として、公然と馬鹿にしても構わないという空気が幼年学校にまで浸透していた。

そんなエニクス家の子供がこんな態度を取れば、確かに因縁を付けられることもあろう。だが、それにしてもこれはやり過ぎだとアリアドネは憤慨する。

「それを虐めっていうのよ！　いいから早くその手を離しなさい！」

「くそっ、本当にムカつくな……バラード家の人間だからっていい気になってんじゃねえぞ⁉」

この時、アリアドネはまだ五歳。そこにいる子供達は皆八歳から十歳程度であり、体格からしてまるで違う。それが、五人もいる。

こんな歳(とし)では魔力も大して扱えない以上、体格差と人数差が全てだ。もし喧嘩になれば勝ち目などない。

それでも、アリアドネは一歩も退かなかった。

「ふん‼　家の名前なんて関係ないわ、あんたらみんな私がお仕置きしてあげるから、覚悟しなさい‼」

そうして始まった、子供同士の大喧嘩。

殴られて頬が腫れ、鼻血を出しながら、それでも形振り構わない噛み付きや頭突きで泣かされる子供が続出し、やがて事態に気付いた教師が仲裁にやって来るまでアリアドネは暴(あば)れ抜いた。

その後、たっぷりとお説教されながら怪我(けが)の治療をされたアリアドネは、その可愛らしい顔をすっかり変形させたまま、件の女の子の下へ向かった。

「ねえ、あんた大丈夫？　怪我はなかった？」

「……どう見ても、怪我してるのはそっち。あんぱんみたいな顔してる」

「誰があんぱんよ！　名誉の負傷って言いなさいよね！」

開口一番に失礼なことを言う女の子に、アリアドネは憤慨する。

しかし、女の子はそれに構わず……ただ、気になったことを口にした。

「どうして、助けたの？　関係ないのに」

「関係なかったら助けちゃダメなの？」

「普通は、助けない。みんな、大人だって、無視してる」

女の子の言うことは正しい。実際、アリアドネが大暴れしなければ、教師達もまたこの子の境遇など放っておいただろう。

それでも、だからどうしたとアリアドネは胸を張った。

「それを助けてこその、〝勇者〟ってものでしょ！」

「勇者……」

「そうよ。あなたも知ってるでしょ？　勇者の伝説！　私はね、いつかぜーったいに〝勇者〟になるの！　勇者になって、困ってる人をたくさん助けるのよ！　だから、あなたのことも助けるの！」

無邪気に夢を語るアリアドネに、女の子は「へー」と素っ気ない反応だ。

流石に予想外だったアリアドネは、がくっとその場でずっこける。

「何よ、私じゃ無理だと思ってるの？」

「ううん、そうじゃなくて……大変そうだな、って」

「他人事みたいに言ってるけど、あなたは目指さないの？　お父様は、エニクス家はライバルだー、って言ってたんだけど」

「興味ない」

ばっさりと切り捨てる女の子に、アリアドネは「本当に変わってるわね……」と溢す。

生まれた時から勇者になることを期待され、勇者になるべく教育を受けてきたアリアドネにとって、ティニーの価値観というものは生まれて初めて触れる不思議なものだった。

だからだろう。続く彼女の言葉を、突っぱねたりせずちゃんと聞くことができたのは。

「私は勇者より……魔王になりたい」

「魔王⁉　あんたね、魔王って何か分かってる？　世界をめちゃくちゃにしたわるーいヤツなのよ？」

「ううん、違うよ。みんなそう言ってるけど……日記にね、違うって書いてあったの」

「日記？」

「うん」

女の子が言うには、エニクス家に代々伝わる、勇者ガルフォードが遺した手記があるらしい。

そこに記されているのは、一般的に知られている勇者と魔王のそれとは、まるで異なる両者の関係だ。

勇者が、魔王に何度もボコボコにされていたこと。

魔王に侵略の意思などなく、他の魔族達が勝手に戦争をしていたこと。

それでも戦争を終わらせるために刃を向ける勇者に、魔王もまた堂々と一対一で戦いを挑み続け……敗北して逃げる勇者を、一度として追撃しようとしなかったこと。

やろうと思えば、勇者を殺すことはもちろん、その力で人間を滅ぼすことも容易かったはずの魔王が、なぜそれをしなかったのか。

魔族や人類の未来に興味はない、どちらの味方もするつもりはないと、口ではそう語りながら……なぜ自分との戦いにだけは執着し、最後まで付き合い続けていたのか。

繰り返される戦いの中でいくつもの疑問が浮かび……結局、勇者の使命に縛られた彼には、それを確かめる余裕もなかったこと。

「滅びに瀕した人類のために、一刻も早く魔王を討って戦争を終わらせなきゃいけないんだって覚悟と……もっと違う形で出会っていたら、違う結果もあったんじゃないかって後悔で、日記は終わってた。だから私、魔王になりたい」

「……話、飛んでない？　どうしてその流れで魔王になりたい、になるのよ」

「だって……勇者が、勇者だったから魔王と話せなかったなら……魔王の気持ちを知るには、魔王になるしかないかなって。魔王になって、その気持ちが分かれば……魔族が、どうして滅びなきゃいけなかったのか……滅びずに、人と一緒に生きる方法が本当になかったのかどうか、分かるかなって」

ずっと、何者に対しても興味を持っていないと思っていた女の子が見せる、初めての表情。その瞳に宿る輝きを見て、アリアドネは何だか嬉しくなった。

「いいじゃない、素敵な夢だと思うわ！」

「……本気で言ってる？」

「もちろんよ、なんでそんなこと聞くの？」

「だって、これを言ったら……みんな私は変だって。嘘つきだって言うから」

魔王を討ち倒した勇者の威光とその伝説によって成り立ったブレイブル王国において、魔王が実は邪悪な存在ではないなどという説は、たとえ子供の風説であったとしても許されるものではない。

だからこそ驚いたのだと語る女の子へと、アリアドネは首を傾げた。

「何でよ、良いことじゃない。あなたの話が仮に間違ってたとしても、魔王は勇者様が現れるまで、世界の全てを恐怖のどん底に陥れた最強の存在だったわけでしょ？　私が勇者、あなたが魔王になって手を組めば、この世に敵う相手なんていないわ。世界平和だって簡単よ！」

「……組まなくても、世界はそれなりに平和だと思うけど」

魔王はもういない。勇者はいるが、それもあくまで今ある平和を貴ぶための象徴だ。何かと戦うわけではない。

だが、それがどうしたとばかりに、アリアドネは笑みを見せた。

「でも、あなたは泣いてたじゃない。私の目指す平和っていうのは、誰も泣かなくて済むような優しい世界なの！」

「………」

そんな世界は絵空事だと、大人は誰もが知っている。

だが、幼いアリアドネはそんな現実など知る由もなく、迷いなく心からそう言い切った。

だからこそ、だろうか。女の子はそこで、初めての笑顔を見せた。

「変なの。私より変」

「何よ、魔王になりたいなんていう子には言われたくないわ。ていうか、まだ聞いてなかったわね、あなた、名前はなんていうの？」

「ティニー……ティニー・エニクス」

「そう、よろしくね、ティニー！　私はアリアドネ。アリアドネ・バラードよ、アリアって呼んでね！」

「うん……よろしく、アリア」

こうして、まだ幼い二人の少女達は手を取り合い、掛けがえのない友人となったのだ。

「うっ……」

目を覚ましたアリアドネは、たった今夢で見ていた内容に懐かしさを覚え……苦々しい思いとともに、歯を食いしばった。

(何が、誰もが笑顔でいられる平和な世界よ……結局私は、ティニー一人だって守れなかったのに……)

アリアドネも成長し、あの頃のような無邪気さはもうなくなった。

本当に魔族に近い魔力を持っていたティニーが露骨に嫌がらせをされるようになった時も、こうして学園に入学してからも、守るどころか排斥に加担するような言動を取り続けてしまった。

バラード家の人間として、勇者たれと期待される身で、ティニーを庇うことなどできなかったのだ。

こんな陰湿なところに居続けるくらいなら、いっそティニーが学園から心置きなく去れるように……そんな言い訳を重ね、己（おのれ）の罪に向き合わないように目を逸らして。

「それにしても……ここは一体……？」

温かくて苦しい過去の思い出を、何とか頭の隅に追いやって。アリアドネは、自分が寝かされていた見覚えのない現在地に警戒を強める。

何もない、殺風景な場所だ。

窓一つない、石造りのホールのようなその場所の中心に、まるで祭壇のように一段高くなった部分があり、アリアドネは今そこに立っている。

太陽の光も通さない、外へ出るための道すらなさそうに見える空間だが、不思議と周囲の景色を見るのに苦労はない。

明らかに普通ではない空気に、アリアドネはごくりと生唾を呑み、腰に備えられた愛用の魔双剣の柄に触れる。

(確か私は、孤児院を出て……それから……)

子供達としばらく交流した後、寮に帰るために町を歩いていたその途中で、誰かが助けを求めるような声が聞こえてきた。

道を違えていようと、勇者たらんとする志までをも失ってなるものかと、声がする薄暗い路地の中へ飛び込んで……そこで、プツンと記憶が途切れている。

(情けないわね、まんまと誘拐されるなんて……でも、なんで魔剣を奪わなかったの？　拘束もせずに放置するだけなんて、一体なんのために？)

バラード家の娘であるアリアドネの身柄は、様々な利用価値がある。

勇者を多く輩出する家、ということは戦闘に秀でた才能を持つ人間が多く、勇者学園の卒業生を多く擁する騎士団に多大なコネを持つ。

議会政治の形態を持つこの国では、貴族だからといって必ずしも政治の場に関わっているわけではないが……富と名声を併せ持つ家柄の人間がそうした権力を握るようになるのは、半ば必然である。

そんなバラード家に何らかの要求を通すために、あるいは何らかの痛手を与えるためにアリアドネを誘拐したとするなら……この状況にも、必ず意味がある。

油断なく周囲を見渡すアリアドネの耳に、思わぬ声が聞こえてきた。

「そう肩の力を入れなくていい。ここへ君を招いたのは私だ」

「っ、あなたは……ベリル、さん……⁉」

アリアドネが目を向けた先にいたのは、ティニーの父親にしてエニクス家の当主、ベリル・エニクスだった。

アリアドネにとっても知らぬ相手ではない人物だが、その表情は晴れない。

なぜならベリルは、アリアドネのバラード家と並ぶほどの歴史と血筋を持ちながらも、今は落ちぶれたと称され蔑まれる家。父からもエニクス家との付き合いは終わりだと言われており、その理由も定かではないのだ。

そんな相手に、半ば誘拐のような形で見知らぬ場所に連れてこられて、警戒するなという方が無理がある。

「ここはどこですか？　一体何の目的で……！」

「まあ落ち着きなさい、一つずつゆっくり話そう」

あまりにも温度差があり過ぎる態度に苛立ちが募るが、見たところベリルは武装もしておらず、仲間もいない。

ひとまずは話を聞いてみるべきかと判断したアリアドネは、腰の魔剣へ手を添えたまま一つ深呼吸した。

それを見て、ようやく話せる段階に来たと判断したのか、ベリルはゆっくりと口を開く。

「ここは……そうだな、修練場とでも思ってくれればいい。君を〝勇者〟にするための」

「私を……？　どうしてそんなこと」

「今の君では、ルーカス・アルバレアには勝てないからだ」

「っ……!!」

ずっと考えていたことを指摘され、アリアドネは唇を噛む。

ラルグとの決闘、そしてその後の大乱闘で見せた彼の力は、あまりにも桁外れだった。

桁外れ過ぎたがためにあまり理解されず、やたらと相手を煽るクソ野郎として憎悪ばかりが募っている生徒がほとんどだが、アリアドネはその現実を嫌というほど理解させられていた。

「あまり気に病む必要はない、あれはただの人間ではない。本物の〝魔王〟なのだから」

「本物って……そういう設定というだけなのでは？」

ティニーは以前から、周囲の〝魔族もどき〟という風評に対して、あてつけのように〝魔王たまたまティニーと同じ力を持った人物を見つけて、魔王を名乗らせているだけだと誰もが思っている。アリアドネ自身、いくらなんでも本物の魔王だなどと考えたことはない。

　だが、ベリルは大真面目にあれが本物の〝魔王〟だと断言した。

「設定ではない。ティニーは長らく、魔王復活のために研究を続けていたからな、運良く……いや、運悪くというべきか、それが結実してしまったのだ」

「運、悪く……？」

「当然だろう？　古の魔王が復活し、どうして一番傍にいるティニーが無事でいられると思う？　まさか、ティニーの言っていたように、魔王が善良な存在だとでも思っていたのか？」

「それは……」

　ベリルのその問いに、そうだとは答えられない。

　アリアドネは、バラード家の娘だから。〝勇者〟になるべくして教育されてきた身で、魔王は敵じゃないなどと、ほんの僅かでも考えてはいけないのだ。

「だからこそ、君はあの魔王ルーカスに打ち勝たなければならない。ティニーのためにもな」

「ティニーの、ため……」

「そうとも。君の父親には嫌われてしまったが、君がティニーのことを今も憎からず思っていることは知っている。私も同じだ、周囲の者が咎めるせいでティニーとは距離が空いてしまっているが、魔族の力を有しているというだけで実の親が娘を嫌うはずがないだろう？」

魔王を邪悪なものだと切って捨てながら、娘のことは例外だとばかりに語るベリルの矛盾に、アリアドネは気付かない。

なぜなら、他ならぬ彼女自身が、ティニーへの想い（おも）と自身の立場で板挟みになり、矛盾の塊となっているのだから。

「今のあの子に、私の言葉は届かない。どうか君の力で、ティニーを魔王の呪縛から解放してやってほしい。そのための力は、ここにある」

そう言ってベリルが差し出したのは、一振りの剣。

見覚えのあるその形状に、アリアドネは目を剝いて驚いた。

「これは……聖剣……⁉　勇者ガルフォード様が使ったという……ですが、なぜ……聖剣は王家が保有しているはずでは……」

「あれはレプリカだ。万が一盗難などされては困るからな、本物は密かにエニクス家が隠し持つことになっている」

これを知っているのはごく一部の人間だけだがな、とベリルは付け加える。

勇者が使っていた、伝説の剣。勇者候補生達が一年に一度挑む勇者選定試験、それを勝ち抜いた者のみが手にすることを許される憧れ（あこが）の装備に、アリアドネは目を奪われ、魅了される。

不自然なほどに、深く。

「この剣の力で魔王を討ち、君が今一度、真の〝勇者〟となるのだ、アリアドネ・バラード」

「……はい、ベリルさん」

差し出されるままに、アリアドネは剣を握り締める。

そんな彼女を見て、ベリルは不気味な笑みを浮かべるのだった。

◆◆◆

「お前が行方不明になった勇者候補生……アリアドネ・バラードとディクス・オルタの二名と口論になっていたことは既に調べがついている。大人しく知っていることを話してもらおう」

アリアドネが行方不明になって、既に五日。勇者学園の一室を借りる形で、ルーカスは王立騎士団から派遣された魔法騎士二人から厳しい取り調べを受けていた。

とはいえ、ルーカスは人の基準でいうところの〝厳しい取り調べ〟など全く意に介さず、威風堂々と足を組んで椅子にふんぞり返っているが。

「ふむ、確かに口論をしたのは間違いないが、それだけでこの俺を疑うというのは些か強引過ぎないか？」

アリアドネとは、確かにラルグとの決闘後に口論——というほど激しいものではないが——になっている。

そして、ディクス・オルタなどという名前には全く聞き覚えがなかったルーカスは、当初ただ首を傾げるばかりだったのだが……町で万引きを働こうとした生徒であると知って、ようやく得心がいった。

「あれが勇者候補生だったのか？　そうは見えなかったが」

体に問題を抱えた店主が営む店なのをいいことに、堂々と犯罪行為に走る者など、到底勇者と呼べるような存在ではない。

しかし、勇者学園における勇者の選定基準は、何よりもまず実力だ。性格が多少悪かろうと、それが表沙汰になっていない限りは問題ではないのだ。

そして……性格という意味では、ルーカスもあまり人のことは言えない。この勇者の国で、自ら魔王を名乗っているのだから。

「まあいい。この俺でも途中で手がかりを追えなくなったくらいだ、大方証拠らしい証拠が何も出なかったから、辛うじて動機らしいものが見えた俺が犯人であるという一縷（いちる）の望みに懸けているのだろう。無駄な努力だが、精々頑張るといい」

「こ、この野郎、自分の立場が分かっているのか……？」

ぴくぴくとこめかみに青筋を浮かべて、今にも怒りが爆発しそうな魔法騎士。

しかし、ルーカスの言っていることは、否定しようのない事実だった。

アリアドネともう一人、行方不明になった生徒とルーカスが口論していたと彼らは主張するが……そもそも、行方不明になったのは既に、その二人だけではないのだ。

アリアドネが行方不明になってから毎日一人ずつ、決して序列が低くない候補生が姿を消し、今日で既に五人が消えている。

中には当然、ディクスという生徒以上にルーカスと関わりのない人物もいるため、動機の面だけで犯人だと主張するのはあまりにも無理があった。

だが……これまたルーカスの言う通り、手がかりと呼べるものが一切ないので、騎士達も藁にも縋る思いだったのだろう。巻き込まれたルーカスからすれば大迷惑だが。

「はあ……もういい、これ以上お前を拘束しておく大義名分もないわけだし……帰っていいぞ。ただし、今後もお前が重要参考人であることは忘れるな」

「そうか、ではな」

これ以上は無意味だと判断されたのか、ついにルーカスが取り調べから解放される。

丸一日を一室で過ごし、既に日が傾いているのを窓から差し込む夕日によって悟りながら、ルーカスは小さく溜め息を溢した。

そんな彼が部屋から出たところで、ティニーとラルグが駆け寄ってくる。

「ルーカス様！　ご無事でしたか」

「当たり前だろう。しかし、少々疲れたのは確かだな。この俺を疲労させるなど、人間というのはやはりなかなか面白い」

「いや、面白がるポイントかよ、それが。んで、疑いは晴れたのかよ？」

「晴れてはいない。が、追及できるような証拠もないから解放されただけだ、どうせ連中に手がかりなど見つけられんだろうし、当分は目を付けられたままだろう」

「……やはり、アリアがどこにいるかは分かりませんか？」

「ああ、流石にな。この地上にいるのであれば、たとえ地の果てだろうと捕捉できるが……異空間ともなると、〝鍵〟を見つけん限りは無理だ」

この五日間、ルーカスとティニー、そしてなぜかずっと行動を共にしているラルグと三人で、行方不明になったアリアドネ以外の生徒達についても足取りを追っていたのだが……やはりどの生徒も、魔力の痕跡が途中でぷつりと途切れてしまい、居場所を見つけ出すことはできなかった。

その理由を、ルーカスは彼らが〝異空間〟へ連れ去られたからだと考えている。

「空間魔法は、今俺達が立っているこの地上と寄り添うように存在する〝異界〟との境界を穿つ魔法だ。無限に広がる異界と比べれば、この地上など大海に浮かぶ小舟も同然。まして、個人の力で異界の中に築かれた小さな空間など、砂粒にも満たんからな。その正確な座標など、流石の俺でも手がかりなしには見つけられん」

「そうですか……」

「あまり気を落とすな。確かに異空間へ連れ去られたとなれば、空間魔法への理解がなければ自力で帰ってくることも敵わないが……アリアドネは、お前が認めた〝勇者〟なのだろう？　ならば、この程度の危機で死ぬことはない、信じろ」

　これまで理論的に解説してきたルーカスにあるまじき、根性論にも似た断言。思わぬ言葉に目を見張るティニーだったが、すぐにふっと微笑んだ。

「……ルーカス様は、やはりお優しいですね。お気遣い、ありがとうございます。嬉しいです」

「おかしなことを言うな？　俺はただ事実を言っているだけだぞ。そもそも、ただ殺すだけなら他にもっと手軽な魔法があるというのに、わざわざ異空間への転送を選んだのだ。犯人が、アリアドネや他の候補生の身柄に何か利用価値を認めたと判断するのは自然な流れで……」

「ふふ、言葉を重ねると、却って言い訳しているみたいですよ」

「………………」

　何も言えなくなり、黙り込むルーカス。

　そんな彼にティニーがくすりと笑みを溢し……完全に蚊帳の外に置かれたラルグが、ボソリと。

「ルーカス、お前……やっぱ女にだけ甘くねえか？」

「そんなわけがあるか。それより……信じろとは言ったが、俺達にできることが何もないわけではないからな、いざという時のために戦う準備はしておけ」

「できることですか？」

「言ったろう、魔法によって作られた異空間へ行くには、そこへと繋がる〝鍵〟が必要だと。ならば、確実にその〝鍵〟が現れる瞬間を狙えばいい」

どういう意味ですか？　とばかりに首を傾げるティニーと、同じくよく分かっていなそうなラルグ。そんな二人へ、ルーカスは言った。

「次に行方不明になった者を追って、俺達も異空間へ突入する」

新たな被害者が出たタイミングでそれを追跡し、アリアドネや他数名の連れ去られた異空間へ向かう――そう作戦を立てたルーカスがまず行ったのは、魔法による全勇者候補生へのマーキングだった。

一人一人に付与するのは面倒だからと、当たり前のようにその場で指を鳴らしただけでやってのけるルーカスの非常識さに、ティニーは瞳を輝かせ、ラルグは呆れ果てるいつもの流れ。

そして……その〝仕込み〟は、存外早く効果を発揮した。

「ふむ……来たな。俺の付けたマーキングが一つ、地上から消えた」

その日の夜、エニクス家の屋敷で夕食を食べていたルーカスの呟きに、ティニーはエプロン姿のまま反応した。

「っ、本当ですか、すぐに向かいましょう！」

「落ち着け、事ここに至っては慌てても結果に変わりはない。魔剣も持たずに向かうつもりか？」

「……失礼しました」

流石に料理の最中にまで帯剣し続けるわけにもいかなかったため、今のティニーは丸腰だ。

魔剣がなくとも魔法は使えるし、一般人相手なら後れを取ることなどないだろうが、これから向かうのはアリアドネすら誘拐してみせた人物がいる——可能性が高い場所。武器も持たずに足を踏み入れるべきではない。

「よし、それでは行くとしよう。座標は既に摑んでいる」

ティニーの準備が整うのを待ち、ルーカスの魔法で〝転移〟する。ルーカスの魔法によって付けられたマーキングを基に、異空間へと降り立ったティニーは、油断なく辺りを見渡し……その光景に愕然とした。

「これは……一体……」

ただただ広い、石造りの無機質な空間の中で、行方不明になった生徒達が、ボロボロの体で倒れている。

その中心でただ一人、両手に魔剣を携えて立つ赤髪の少女がいた。

よく見知った彼女が放つ、どこか威圧的で禍々しい圧力に、ティニーは息を呑む。

「……ティニー？　どうしてここにいるのかしら？」

「……私が聞きたい。アリアが丸五日も行方不明になって、みんな心配してた。こんなところで、何をしてたの……？」

「五日……？　もうそんなに経っていたのね。ここにいると、時間の感覚が分からなくなって良くないわ」

口調はいつも通りだが、ティニーはアリアドネの言動一つ一つに、強い違和感を覚えた。

それが一体何なのか、どうにか言語化しようとするのだが、思うように口に出せない。

そんな彼女に、アリアドネはにこりと微笑む。

「ティニー、安心してね。私、ここで修行して強くなるから」

「アリア、急に何を言ってるの……？」

「分かってるから。あなたがそこの魔王に騙されておかしくなってることくらい」

「違う、違うよアリア……!!　私は自分の意思でルーカス様に――」

その瞬間、アリアドネが唐突に手にした魔剣を振り抜いた。

ティニーやルーカスにとっても、酷く見覚えのあるその剣から放たれたのは、光輝く純白の斬閃。圧倒的な魔力が込められたそれが、真っ直ぐにルーカスへと襲い掛かり――軽く手で払われただけで、消滅した。

「……やっぱり、まだ届かないわね。魔王ルーカス……私の敵」

「ふむ……敵という言葉は否定しないが、その剣はどうした？　随分と俺の知る聖剣に似ているが」

「似ているんじゃなくて、そのものよ。あんたを倒してティニーを救うために、ある人から授かったの」

「ある人……？」

「ティニーの父親、ベリルさんよ」

「っ……‼」

自分の父が関わっていると聞かされて、ティニーは目を見開いた。

「ルーカス、あんたは私が倒してやるわ。この剣の力を使いこなして、必ず……‼」

「使いこなす、か。俺の目には、その剣を使いこなすよりも先に、お前自身の体が壊れそうに見えるが？　〝それ〟は、人間が生身で扱うには過剰な力だ。遠くないうちに、死ぬぞ」

「えっ……⁉」

ルーカスの指摘に、ティニーが信じられないとばかりに声を上げる。

対して、アリアドネはそれがどうしたとばかりに鼻で笑い飛ばした。

「関係ないわ。あんたを倒して、ティニーを解放できるのなら、それくらい……‼」

「今のお前には不可能だと思うが……まあいい、挑戦するつもりなら受けて立とう。いつでもかかってこい」

「ははっ……その余裕がいつまで持つか、見物ね……!!」

狂気に染まった修羅のような光を瞳に宿し、アリアドネは宣言する。

そんな彼女の異常さに耐えきれなくなり、ティニーが叫んだ。

「こんなの絶対におかしいよ……!!　アリア、あの男から一体何を吹き込まれたの？　そんな危ない剣の力に頼って、こんな異空間に生徒達を連れ込んで痛め付けて……それで強くなって満足なの……⁉」

周囲に倒れている生徒達は、明らかに重傷だ。本来こうならないために魔剣に施される、魔力制限魔法をかけずに打ち合ったのだろう、すぐに治療しなければ命に関わるかもしれない。

そこまでするのかと問うティニーに、アリアドネは躊躇なく頷いた。

「それで勇者に相応しい力が得られるなら、満足よ。それに、ここにいる人達だって私が無理やり連れてきたわけじゃない、自分から進んでこの場所に来たの」

「え……⁉」

アリアドネだけでなく、他の生徒達もあくまで自由意志でここにいると聞かされて、ティニーが言葉を詰まらせる。

それを肯定するように、倒れていた生徒の一人が起き上がった。

「そうだ……俺達は、自分の意志でここに来た……！」

「どうして、そんなこと……そんな大怪我までして……」

「どうして……？　決まってるだろう、少しでも強くなって、勇者選定試験で勝ち抜くためだ!!」

鬼気迫る表情で叫ぶその男子生徒は、数日前に万引きを働いていた人物だった。

そんな彼が今、まるで血を吐くような必死さで心情を吐露している。

「この国は、勇者になれるかなれないか……なれなかったとしても、序列で一つでも上の順位を手にするかどうかで、卒業後の扱いがまるで違う!!　仕事の待遇も、出世や昇進も、全てだ!!　特に、俺みたいな辺境のド田舎出身の生徒にとっちゃな、自分だけじゃねえ、故郷の人達全員の将来がかかってんだよ!!　命懸けで強くなろうとするに決まってんだろ!!」

勇者と、その名声を引き継ぐ勇者学園の影響力は、この国においてそれほどまでに強かった。

たとえ勇者候補生の選定基準が力のみであろうと、それに選ばれたというだけであらゆる場面で優遇され、得られる収入は貧しい農村をそれなりの規模の町へと開発できるほどに大きい。

「ここは最高だよ、アリアドネみたいな強いやつと修行できるし、新しい魔剣だって貰えた。ははっ、こんなボロボロになってるけどな、この剣のお陰で、今までの比じゃないくらい強くなれてんだ。怪我だってすぐに治って、何度でも打ち合える……それがどれだけ恵まれた状況か、お前みたいに最初から優遇されてるヤツには、分からないだろうけどな」

「っ……」

その言葉に反論することは、ティニーにはできなかった。

力のせいで忌み嫌われているのは事実だったとしても……否、嫌われているからこそ余計に、〝それでも〟勇者学園に通えていること自体が、〝恵まれた立場〟以外の何ものでもないのだから。

「これで分かったでしょ？　私達は、自分の意志でここにいる。まあ、何も言わずにいなくなったことは悪いと思ってるわ。……帰ったら、私達は大丈夫だって学園に伝えてちょうだい。証人が必要なら、動けなくなってる人を何人か連れていけばいい」

「待って、アリア……！」

なおも言い募ろうとするティニーを、ルーカスが肩を掴んで止める。今は何を言っても無駄だと、そう伝えるように。

「勇者選定試験までには戻るわ。その時こそ、必ずあなたを倒してみせる……！　首を洗って待ってなさい、ルーカス・アルバレア‼」

そんな言葉を最後に、アリアドネはまるで幽鬼のように起き上がった生徒達との打ち合いを再開する。

まるで殺し合いのように苛烈なその光景を見ていられず、ティニーは逃げるようにその空間を後にし……ルーカスもまた、険しい表情で後を追うのだった。

第四章　それぞれの想い

「なるほどな、そんなことがあったのかよ……」

　アリアドネとの事実上の決別を経た翌日、ルーカスは勇者学園内にある庶民向けの食堂で、ラルグと二人で話し合っていた。

　当初は、自分に声をかけずティニーと二人でアリアドネのいる異空間へ踏み込んだことに業腹な様子のラルグだったが、話を聞くうちに怒りも収まったのか、今は神妙な面持ちで顔を伏せている。

「正直、そいつらの気持ちは分かるぜ。俺も、結構な田舎から出てきた人間だからな……少しでも上に行って、故郷の連中に楽させてやりてえって気持ちはある」

「そうか……魔王や魔族との戦争がなくとも、それはそれで別の争いが絶えないと。人間というのは、面倒なものだ」

　ディクスが万引きを働いたのも、心に渦巻く力への渇望に対し、全く思い通りにならない現実への苛立ちが形になったものなのだろうと語るラルグの言葉に、ルーカスは溜め息を溢した。

　この時代に転生し、既に魔族の勢力がほとんど駆逐されていると聞いた時は、もはや人間に戦う力など不要になっているのではないかと考えたりもしたのだが……杞憂だったことを喜ぶべきなのかどうか、今のルーカスにはよく分からない。

「んで？　いっつも一緒にいるティニーはどうしたんだよ」

「部屋で塞ぎ込んでいるようでな。こうして食堂で食事を摂っているのも、ティニーが作れるような状態ではないからだ」

「ふーん……ってちょっと待て、てめえまさか、アイツの手料理毎日食ってんのか⁉」

「む？　そうだが？　俺はこの学園に来てからティニーの作ったものしか口にしていなかった」

「はあぁぁぁ⁉　てめっ、じゃあまさか夜も一緒にいるってことか⁉」

「当然だろう、俺はあいつの屋敷で世話になっている」

言っていなかったか？と軽く問いかけるルーカスに、初耳だ‼とラルグが叫んだ。

ルーカスからすれば、それがどうしたという話ではあるのだが、ラルグからすれば青天の霹靂である。

同棲しているということは、つまり……。

「それならその……や、やっぱりお前ら付き合ってんのか……？」

「付き合う？　何にだ？」

「いやだから、てめえら恋人同士なのかって聞いてんだよ‼　分かるだろ普通⁉」

「……恋人とはなんだ？」

「……えっ、お前マジで言ってるのか？」

まさかの発言にドン引きするラルグだが、元より〝家族〟というものが存在しないルーカスにとって、〝恋人〟という関係など知る由もない。

仕方なく、ラルグができるだけ分かりやすく説明したところで、ようやく彼も理解が及んだ。

「なるほど、すなわち生物が子を成すための番を恋人というのだな、理解した」

「間違ってはねえけど、もう少しオブラートに包めねえのかてめえは!!」

なぜか顔を真っ赤にしているラルグに、ルーカスははてと首を傾げる。

これは言っても無駄だと判断したラルグは、がっくりと肩を落としながら強引に話を元に戻す。

「はあ、とにかくだな……恋人だのなんだのじゃないにしても、そんだけ近い関係なら、てめえがちゃんと気遣ってやれよ？　あいつが一番頼りにしてんの、てめえだろ？」

「意外だな、お前がそれほどティニーを気にするとは」

ティニーは学園中から嫌われている。魔族の力を持ち、勇者の宿敵たる魔王を崇拝しているのだからそれも当然だ。

ラルグとてその例に漏れず、初めて会った時は相当に目の敵にしていたはずだが……と疑問に思うルーカスに、彼はバツが悪そうに頬を掻く。

「そりゃあ、俺だってアイツのことはずっと気に入らなかったさ。人が必死に選定試験に向けて頑張ってんのに、そんなの興味ねえって切り捨てるばっかでよ」

けど、とラルグは自身の記憶を掘り起こすように言った。

「てめえと一緒に戦ってる時のアイツ、今まで見たこともねえくらい楽しそうだったからな……あの顔見てたらよ、本当はアイツ、周りの目を気にしない性格なんじゃなくて、自分はそういう人間なんだって思い込んで、無理してたんじゃねえかなって……なんか、そう思っちまったんだよ」

上手(うま)く言えねえけど、とラルグは言葉を選ぶように視線を彷徨わせる。

だが、それだけ言われれば、ルーカスにも彼が言いたいことは理解できた。

「本当にお前は、面白いな。実力はまだまだだが、その心根は俺が知る中でもっとも〝勇者〟に近いものを感じる。誇るといい」

「お、おう……ってちょっと待て、実力はまだまだって、てめえそれ褒めてねえだろ⁉」

「この上なく褒めたつもりなのだが」

「なんでてめえは俺にだけオブラートに包むってことができねえんだよ‼」

喧嘩(けんか)売ってんのかこらぁ‼と叫ぶラルグに、ルーカスは声を上げて笑う。

想像以上に大きなリアクションが返ってきたことに驚くラルグへ、ルーカスは不敵な表情を浮かべてみせた。

「案ずるな、ティニーは俺にとって初めての配下だからな、このまま塞ぎ込まれては困る」

「ならいいけどな。精々変なこと言って逆上させないように気を付けろよ」

「そんなことを口にするのはもうお前だけだ、問題ない」

「なら問題な……って待てぇ‼　やっぱりてめえ俺に対してはわざとやってたのかぁ⁉」

火山の如く怒るラルグを笑い飛ばしながら、ルーカスは食堂を後にする。

その後、一人残されたラルグの元に、「騒がしい奴がいるから何とかしてくれ」というクレームを受けた教師が現れ、延々と説教されることになるのだが……そんな不憫な未来を知る由もないラルグは、ルーカスの姿が見えなくなるまで大声で文句を言い続けるのだった。

『ティニー、まだそこにいるのは分かっている。入るぞ』

部屋の外から聞こえてきたルーカスの声に、ティニーはベッドの中でびくりと肩を震わせる。

いつもなら、すぐさま飛び起きて身支度を整え、彼の前に馳せ参じるところだが……今日ばかりは、そんな気分になれなかった。

「申し訳ありません……もう、一人にさせてください……」

ティニーにとって、アリアドネは唯一理想の〝勇者〟と呼べる少女だった。

生まれつき持っていた〝力〟のこともあって周囲と距離を置き続け、まともなコミュニケーションを取ることさえ難しくなってしまった自分を見捨てることなく、友達として接し、魔王になりたいという荒唐無稽な夢すら笑わずにいてくれた相手。

力のことが周囲に知られてからは、疎遠になってしまっていたが……彼女が真っ直ぐに勇者を目指し、努力し続けている姿はずっと遠くから見ていたのだ。

彼女ならきっと、誰もが認める勇者になれる。そう信じて……だから、気付かなかった。

まさかアリアドネが、聖剣などとのたまう怪しげな剣を与えられ、自分も周囲の人間さえも傷付けながら力を求めるほど追い詰められていたとは、想像もつかなかったのだ。

ましてや……そこまで彼女を駆り立てた動機は、自分がルーカスの、魔王の側にいるからだという。これで気にするなという方が難しい。

(やっぱり、私は……余計なことをしないで、大人しく屋敷で一人、静かに暮らしていた方が良かったのかな……そうすれば、あの男もアリアに余計なことをしなかったかもしれないのに……)

一度気にし始めると、もう止まらない。

奔放に振る舞い、自分は魔族だ、魔王の配下なのだと言い聞かせることで、孤独な自分から目を逸らし続けてきた。アリアに語った幼き日の夢も、ルーカスに語った目標も、全ては言い訳だ。本当は、ただ……誰かに傍にいてほしかっただけ。

たとえどんな力を持っていようが、堂々と誰かの傍にいてもいい世界が、欲しかっただけだ。

そんな浅はかな願いのために、実の親にも逆らい、たった一人の友人だったアリアから距離を置かれても無視して走り続けた結果がこれだ。

アリアドネは今、自分の身も、他者の身も顧みずに過酷な修行を続けていて……ルーカスの言葉を信じるなら、それは遠くないうちに彼女の命を奪うという。

それを止めたいという気持ちはあるが、どうすればいいか分からない。説得しようにも、ディクスに言われた言葉がどうしても頭を過るのだ。

――お前みたいに最初から優遇されてるヤツには、分からないだろうけどな。

ティニーは、その力のせいでずっと周囲から蔑まれてきた。だが、蔑まれていることと、優遇されていることは決して両立しないわけではない。少なくとも、そんな怪しげな力を持ちながらこの歳まで五体満足で生きてこられたのは、エニクス家の力があってこそだろう。

――〝魔族の力〟を持っていたが故に、勇者としての期待を背負うことなく、好き勝手に振る舞うことが許されていた自分とは違い、〝真っ当に〟強かったが故に勇者を目指すことを強いられ続けてきたアリアドネ。

その事実にさえこれまで気付かず放置してきた自分に、アリアドネを止める資格などあるのか。そう考えると、どうしても一歩踏み出すことができない。

『ふぅ……仕方ないな』

「えっ……」

一瞬の浮遊感の後、ティニーは気付けば部屋の外へ放り出されていた。

魔法で強制的に転移させられたのだ——と認識した頃には、ティニーの体は重力に引かれて床に落下していく。

そんなティニーを、ルーカスが抱き留めた。

「おっと。随分と腑抜けているようだな。それでも俺の配下か？」

「えと、その……⁉」

すぐ間近に迫ったルーカスの顔に、ティニーは戸惑う。

これまで一つ屋根の下で共に生活しておいて今更といえばそうなのだが、それでもここまでゼロ距離で触れ合う機会など一度もなかったのだ。

加えて……今のティニーは、昨晩ベッドに潜り込んでずっとそのままでいたため、寝癖もそのままな上に薄手のパジャマ姿という、到底人前に出られるような格好ではなかった。

いやでも羞恥を覚えるティニーとは裏腹に、ルーカスはそんな意識など欠片も持たず、すぐにティニーをその場に立たせて離れてしまう。

そのことに若干の不満を抱くティニーだったが……だからこそというべきか、少しだけ冷静になれたのも事実だった。

「何のご用でしょうか……アリアの居場所は分かりましたし、選定試験で決闘できることも決

まりました。もう、私の力が必要な場面はないと思われますが……」

ルーカスの目的は、勇者であるガルフォード・エニクスが言い残したという、彼の後を継ぐ真の〝勇者〟を見つけ出し、千年前の決着をつけることだった。

学園に来た直後ならまだしも、今はアリアドネの方からルーカスに宣戦布告を突き付けている状態だ。ティニーがいようといまいと、ルーカスの目的には関係ないだろう。

そしてそれを、ルーカスも否定しなかった。

「確かに、俺がアリアドネと戦うだけなら、もはやお前に出る幕はないだろう。しかし、お前はそれでいいのか？」

「……何がでしょうか」

「俺と、今のアリアドネが全力でぶつかれば、奴は死ぬぞ」

「っ……⁉」

容赦のない現実を突き付けられ、ティニーの肩がびくりと震える。

そんな彼女へ、ルーカスは更に言葉を重ねた。

「どうもお前は、俺を聖人か何かと勘違いしているようだが……俺は、〝魔王〟だぞ？　命乞いをする者ならばまだしも、自ら命を投げ捨てて殺しに来る者に情けをかけるほど優しくはない」

「それ、は……！」

ティニーの中にある〝魔王〟へのイメージは、幼い頃に見た勇者ガルフォードの日記に書かれた〝存外悪いやつじゃない〟という印象がベースになっている。

ルーカスを復活させ、真っ先に勇者学園へ案内したのも……彼を殺そうと向かってきた暗殺者を殺すことなく、あっさりと見逃したあの戦いを目にしたことで、そのイメージが決して間違いではないと確信したからだ。

しかし今、ルーカスはアリアドネを殺すつもりだと宣言した。そのことに、ティニーは顔を俯かせ、唇を噛みしめる。

「悪いが、俺を言葉で説得しようとしても無駄だぞ。俺は自分のしたいことをし、助けたいと思った者を助け、倒すと決めた者を倒す。他人がどう思おうが、そんなことは関係ない。お前はどうだ？　ティニー」

「私、は……」

「自分に力がないからと、諦めるのか？　資格がないからと、不本意な結果も黙って受け入れられるのか？」

ティニーには、アリアドネを止める力も、資格もない。

だが、それによってもたらされた最悪の結果を、黙って受け入れられるのかと問われれば――

「それは……嫌です。ルーカス様、私は……アリアを死なせたくありません」

「ならば、お前がすべきはこんなところで腐っていることではないはずだ。そうだろう？」

俯いていた顔を上げたティニーに、ルーカスが問いかける。

それに対して頷（うなず）きながら、ティニーは力強く宣言した。

「アリアは……私が止めます。ルーカス様の手を煩（わずら）わせる前に……力ずくでも‼」

自分には、アリアドネを説得する資格などない。その思いは今も変わらない。

それでも……これまでだって、自分を取り巻く環境に納得できなかったからこそ、周りを気にせず突っ走ってきたのだ。

それを今更、力や資格の有無で周りにおもねるなど、まっぴらごめんだった。

「ふっ……それでいい。それでこそ俺の配下だ」

そう言って、ルーカスは踵を返す。

そのまま去っていくかに思えた彼だが、途中で足を止めて振り返った。

「どうした、来ないのか？」

「え……？」

「今のお前では、聖剣の力を振るうアリアドネには勝てまい。この俺が直々に指導してやるから、ありがたく思うといい」

「それは……ありがとうございます！」

ただ、と。ティニーは、自分の姿を指差して一言。

「その……私はまだパジャマのままですので……せめて着替えてからにしていただけると……」

元々部屋に閉じこもっていたところを、ルーカスが魔法の力を使って無理やり引きずり出したので、とても外を歩けるような格好ではない。

が、それはあくまで人間の感覚であるため、ルーカスにはいまいち通じなかったらしい。はてと首を傾げられる。

「別にそれでも構わんと思うが？　似合っているぞ」

「あ、ありがとうございます……ですがその、これは流石に薄着すぎて……」

「薄着……？　俺の知っている魔族の衣装は、もっと薄くて布面積も少なかったものだが。やはり人と魔族では美意識が違うものなのだな」

「…………」

ティニーの脳裏に浮かぶのは、童話の中に出てくる男女問わず裸同然の衣装に身を包んだ魔族達の絵。

魔族を蛮族として貶めた書き方をするために、敢えてそうした格好にしているのかと思っていたが……どうやら本当にそれが普通だったらしい。

しかしそうなると、それはそれで疑問が浮かぶ。

「でしたら……なぜルーカス様は、至って普通の服装を……？」

「転生直後に魔力で作ったあれのことか？　あれは、勇者のヤツがもう少しまともな格好で戦えと文句を言ってきたのでな、二人で考えて作ったのだ」

「…………」

宿敵として伝わる勇者と魔王が、戦いの前に様になる衣装について激論を交わした光景を想像してしまい、ティニーは遠い目をする。

本当に、王国で一般的に伝えられている二人のイメージとはあまりにも違い過ぎると、ティニーは頭を抱えた。

「ルーカス様……その話は、他の誰にもしないでくださいね」

「ふむ？　まあ、話すなというなら話さんが」

真面目(まじめ)に勇者を目指している人間が聞いたら一瞬で激怒しそうなその真実を、生涯胸の内に仕舞っておこうと、ティニーは人知れず決意するのだった。

「それで、ルーカス様……どんな指導をしてくださるのですか？」
着替えた後、屋敷の正面にある殺風景な庭へとやって来たティニーは、ルーカスにそう尋ねた。

アリアドネをティニーが力ずくで止めるとは言ったが、相手は勇者学園序列一位。それも、勇者の聖剣で更に力を高めている。

異空間で対峙した際、ルーカスはあっさりとアリアドネの攻撃を防ぎ、アリアドネ自身もまだ使いこなせていないと言っていたが……あの時点で既に、ティニーからすれば勝てるビジョンが浮かばないほどに力の差があった。

それをどうにかする術があるのか、と問うティニーに、ルーカスは無論だと頷く。

「そもそも、聖剣などと呼ばれているようだが、あれはそれほど優れた武器というわけではない。所有者の魔力を無尽蔵に吸い上げることで強引に魔法の威力を上昇させる、諸刃の剣とでもいうべき代物だ。肉体への負担が大きく、長時間戦い続けることができない」

あいつもそうだったと、過去を思い返すようにルーカスは語る。

「選定試験までにアリアドネがどれほど聖剣を使いこなそうと、その猛攻を耐え凌ぐことさえできれば、ティニーの勝ちは揺るぎない」

「耐え凌ぐことさえ……ですか」

ルーカスは簡単に言うが……ティニーからすれば、あの凄まじい魔法攻撃をアリアドネの息切れまで耐えきることさえ、自分には難しいのではないかと思える。

「なに、簡単な話だ。訓練のうちから、本番よりも苛烈な攻撃に身を晒し、慣れてしまえばいい。そうすれば、アリアドネの攻撃など児戯のように感じられるだろう」

「え……あの、それって……」

まさか、と頬を引き攣らせるティニーの前で、ルーカスは手のひらに魔力を込める。

自分の予想が何も間違っていなかったことに顔を青褪めるティニーに対し、ルーカスは至極当然のように言い放った。

「俺が魔法を撃ち込むから、お前はどんな手を使ってでも耐え続けてみせろ。無論、反撃してくれても構わないぞ？」

にやりと笑みを浮かべるルーカスを見て、ティニーは生まれて初めて……暗殺者に襲われた時でさえあまり意識することのなかった命の危機を覚えた。

数分後、その感覚が間違いでなかったことを、嫌というほどに分からされるのだった。

「……んで、ここ数日はお前とティニーで猛特訓してると……その結果があれか」
勇者選定試験が間近になり、どこかピリついた空気が漂う学園の食堂にて、ラルグは対面でテーブルに突っ伏したままピクリとも動かないティニーを見ながら呟く。
それに答えるのは、両者の間で優雅にお茶を啜るルーカスだ。
「ああ、アリアドネに打ち勝とうというのなら、多少の無理は必要だろう。向こうは文字通り命懸けで試験に挑むつもりのようだからな」

「その話は前も聞いたけどよ……本当なのか？　聖剣を使うと死ぬって話」

「あくまで、〝使い続ければ〟だがな。勇者ガルフォードも連日のように使いながら丸一年は生きていられたのだ、選定試験までならアリアドネも耐えられるだろう」

恐らくな、と少しばかり不安になる言葉を口にするルーカスに、ラルグは顔を顰めた。

「なあ、今からでもお前がアリアドネをボコボコにして、その聖剣ってのを使うのやめさせた方がいいんじゃねえの？　できるんだろ、お前なら」

「俺とアリアドネが戦えば、文字通りの殺し合いだぞ。死力を尽くす相手を殺さず無力化するというのは難しい」

それに、とルーカスは肩を落とす。

「……俺の知る勇者は、宿敵に何度敗北を重ねても、より一層奮起して修行に励み、再び立ち向かってきた。アリアドネを止めたければ、俺ではなくティニーが勝つことに意味がある」

「なるほどな……」

ラルグは未だにルーカスのことを〝魔王を自称する変なヤツ〟だと思っているが、深い実感の籠もったその言葉を否定する気にはなれなかった。

「それに、ティニーには切り札となる魔法を一つ伝授している」

「あん？　切り札だ？」

「習得できるかどうかは五分五分だがな。上手くいけば、ただ耐えるだけでなく、ティニーが自ら攻めることもできるだろう」

「五分五分ねえ……こんな状態でそれができるとは思えねえんだが……」

　半信半疑な様子で呟くラルグに、顔を上げたティニーは少々やつれた顔で断言する。

「私は、大丈夫。まだやれる」

「そんな顔で言われても説得力ねえよ」

「でも、私が負けたらアリアが危ないから……無理でもやるの」

　幼馴染がこのままでは死ぬかもしれないと聞き、じっとしてはいられないのだろう。話を聞くだけでも心が折れそうなほど苛烈な訓練をしているというのに、その瞳には未だ闘志が漲っていた。

　闘志そのものは好ましいと思うが、とはいえこれではアリアドネよりも先に体を壊してしまうだろう。

　それを察したラルグは、溜め息を一つ溢しながら露骨なくらいわざとらしくルーカスへ話を振った。

「あ～、ティニーとアリアドネのこともいいけどよ、お前はどうなんだよルーカス、ちゃんと選定試験に向けた準備はできてんのか？」

「準備？」

「魔剣だよ、魔剣。お前まさか、選定試験まで木の枝で出るつもりじゃねえだろうな？」

決闘もそうだが、当然ながら選定試験の戦いでも魔剣を持っていることは最低限の参加資格だ。

ルーカスならあるいは、木の枝でも勝ち抜いてしまうのかもしれないが……それはもはや、他の候補生達への侮辱という域を超えている。

安物でもなんでも、何かしらの魔剣を用立てなければならないだろう。

「……なるほど、確かにお前の言う通りだな。ティニー、悪いが明日の訓練は中止だ、俺の魔剣選びに付き合え」

「えっ……ですが、ルーカス様……」

「そんな疲れ果てた状態で訓練を続けても、大した効果はあるまい。なけなしの気遣いを見せたラルグの意を汲んでやれ」

「てめえにだけは言われたくねえよ⁉　つうか、別に気遣ってなんかねえ、ただてめえがこれ以上舐めた真似すんのが許せなかっただけで‼」

あっさりと内心を見透かされたのが気恥ずかしかったのか、必死に否定するラルグ。

一方で、ティニーはまだ迷っているのか、困り果てたように視線を彷徨わせている。

「俺が以前教えた、魔力の凝縮はまだ続けているだろう？」

「え？　あ、はい。まだ完璧とはいえませんが、以前に比べれば自然にできています」

「ならば尚更だ。ここのところは連日戦闘訓練続きで、そちらの意識が少しなおざりになっている。一度落ち着いた環境に身を置きながら、魔力の練り方を基礎から見直せ」

「……分かりました」

焦る気持ちを宥めるように、これもまた訓練だと上手く伝えるルーカス。

それでようやく納得したティニーは、少し申し訳なさそうに頭を下げた。

「ルーカス様、お気遣いいただきありがとうございます。それと……ラルグも、ありがとう」

「お、おう……気にすんなよ」

まさか自分も礼を言われるとは思っていなかったのか、ラルグがしどろもどろになる。

そんな彼の、明らかに褒められ慣れていないと分かる姿に、ルーカスとティニーは揃って顔を見合わせながら笑うのだった。

選定試験前最後の休日、ルーカスとティニーの二人は約束通り魔剣を買うために出かけることになった。
魔剣とは、いわば自衛のための剣に〝魔法の杖〟としての機能を持たせた代物であり、かつては魔法使いの中でもごく一部、剣技と魔法双方に優れた変わり者にしか使われていなかった

武器なのだが、この時代では戦闘魔法使いは誰しもがこれを装備している。

そして、そんな戦闘魔法使いの多くが目指す教育機関の頂点こそが勇者学園であるため、当然ながら王都には魔剣を必要とする人間が多く、魔剣の需要の高さがそれを製造する職人の数となって現れ……要するに、数え切れないほどたくさんの魔剣工房が、王都中に乱立していた。

「とはいえ、庶民向けの廉価な工房ならまだしも、腕の立つ工房となれば数は限られます。特に、私みたいな人間にも魔剣を作ってくれるところとなると……少なくとも、私は一軒しか知りません」

「ふむ、それがここというわけか。しかし……ボロボロだな」

ティニーに案内されたその工房を見て、ルーカスが真っ先に抱いた感想がそれだった。

王都の裏通り、あまり人気のない場所に立つ、こぢんまりとした石造りの工房。見るからに頑丈そうではあるのだが、外観をあまりにも度外視して建てられている上に年月が経ち過ぎていて、まるで放棄された小さな要塞のようだ。

そんなルーカスの率直な感想に、ティニーは苦笑を返す。

「こんな場所ですから、客がほとんど入らなくて改修する余裕がないそうです。店主が偏屈で客を選ぶ性格というのも大きい気がしますが」

「人間の商売については俺もまだよく分かっていないが、繁盛させるつもりがなさそうだということは分かる」

「誰が繁盛させるつもりのない偏屈ジジイじゃ」

二人で話し込んでいると、店ではなく道の方から一人の老人が話しかけてきた。

背は低く、白い髭を蓄えた姿は相当に歳を取っていることが窺えるが、太く引き締まった体付きを見れば衰えているという印象は全く抱かない。

そんな老人を見て、ティニーが声を上げる。

「テロンさん、出かけてたんだ。ずっと工房に引きこもってるのに、珍しいこともあるんだね」

「当たり前じゃ、ワシを何だと思っとる。いくら魔剣作りに人生を捧げていようと、飯を食わねば生きていけんわい」

ティニーからテロンと呼ばれたその人物の腕には買い物かごが提げられ、中には確かに買ったばかりと思われる食料が入っている。

そんなテロンは、ティニーと並んで立つルーカスをちらりと見やり、工房の中を顎で示す。

「何をそんなところで突っ立っとる、さっさと中に入れ」

「え……いいの？」

「なんだ、冷やかしにでも来たのか？　そうでないなら、遠慮せんと入らんか」

そう言って、テロンは先んじて工房に入っていく。

その背中を、ティニーは呆然と見つめていた。

「どうした、何かおかしなことでもあるのか?」

「あ、いえ……テロンさん、いつもなら見知らぬ人には当たりが強いので。ルーカス様をこうもあっさり店に上げてくれるとは思わなくて」

「……本当に、商売する気があるのか?」

よくそれで店が潰れないものだと呟きながら、少し遅れてルーカス達も店に入る。

外観こそ少々ボロかったが、中はしっかりと清掃が行き届いた立派な工房だった。

壁に立てかけられた魔剣の数々を見て、ルーカスは「ほう」と顎に手を添えて唸る。

「なかなか良い剣だな。学園で他の生徒が使っていた剣よりもよく鍛えられている」

「ふん、良い目をしているようじゃな。まあ、それでこそワシの魔剣をくれてやる意義があるというものじゃが」

「ふっ、その期待は裏切らないと保証してやろう。俺としても、ティニーの魔剣を鍛え上げた者の腕には前々から興味があったからな」

魔剣は、魔法を発動するための媒体としての役割を持っている。すなわち、使用者の魔法特性に合わせた調整が重要な意味を持つというのは、転生してからあまり時が経っていないルーカスとて既に理解している。

そんな中で、他に前例のない魔族のような力を持ったティニーに合わせた魔剣を鍛えてみせた老人だ。どんな魔剣ができ上がるのか、ルーカス自身少しワクワクしていた。

「生意気な小僧じゃな。まあ、勇者学園の生徒ならそれくらいでちょうどいいか……ついて来い、まずはお前の魔力に合う素材を見極めなければならん。ティニーはそこで店番でもして待っていろ」

「うん、分かった」

「客に店番をさせるのか……」

当然のように店番を頼むテロンと、当然のようにそれを受け入れるティニーのやり取りに驚きつつ、ルーカスは工房の奥……実際に魔剣を鍛えるための作業場へと移った。

今は火が落とされているが、この工房の敷地の半分ほどを利用して造られたであろう巨大な炉と、各種金属や魔法触媒が並べられた棚が併設されたその場所で、ルーカスと二人きりになったテロンは改めて口を開く。

「お前さん、魔力はどんな感じじゃ？　見せてみい」

「ティニーと似たようなものだ。厳密には別物だがな」

そう言って、ルーカスは指先に魔力の光を灯して見せる。

その漆黒の輝きを見て、テロンは少しだけ嬉しそうに目を細めた。

「そうか……ティニーが他人を連れてくるなんぞ珍しいと思っとったが、ちゃんと仲間が見つかったようで安心したわい」

「ティニーとの付き合いは長いのか？」

「当然じゃ。これでもあの子が学園に入る前から、あの子の剣を鍛えとる」

ありゃあ十年前だったか、と、テロンは頼まれてもいないのに昔語りを始めた。

当時六歳だったティニーは、まだ力のことを周囲に知られてはいなかったが……実の親には当然それを把握されていたために距離を置かれ、貴族の集まりに参加はしてもすぐに放置されていたと。

「あの日は雨が降っとったのに、貴族の小さい娘さんが一人で町をうろついとってな。貴族なんぞいけ好かない連中ばかりだと思っとったが、流石に子供を放っておくのもどうかと思って工房に入れたんじゃ」

昔を懐かしむように語りながら、テロンは棚から材料を取り出し、作業を始める。

そんな彼の話を、ルーカスはただ静かに聞き続けた。

「その時に、あの子が魔剣に興味を持っておったから、試作品を一つ持たせてやったのが始まりじゃ。まあヘンテコな魔力を持っとったから、最初は苦戦したがな。面白そうじゃと、あの子専用の魔剣を完成させて渡したら……生まれて初めて自分だけの物ができたと、嬉しそうに笑っとった」

今でもあの笑顔は忘れられんと、テロンは頬を緩める。

「じゃからまあ、なんじゃ……お前さんがあの子とどういう関係かは知らんが、これからも仲良くしてやってくれ。なんだか、今のあの子は少し疲れているように見えるしの……あれでかなり繊細な子じゃし……」

「……案ずるな。ティニーは俺にとってもただ一人の配下だ、無下にはせん」

「配下？　変わった呼び方じゃな」

からからと笑いながら、テロンは炉に火を灯し、作業を始める。

魔法の力で急速に高まる室温の中、熱した金属を槌で叩く音だけが響き、しばし作業を注視するルーカス。

まだ本格的な魔剣ではなく、お試しのための〝杖〟を作っているのだろう。さほど時を置かず作業は終わり、水で冷やした金属の棒切れを手渡されると、魔力を通してみろと促された。

「ほう、これは……なかなかどうして、悪くないな」

人の扱う杖や魔剣を、これまで一度も扱ったことがなかったルーカスだが、魔力を通しただけでその価値が感覚として理解できた。

何もなしで魔法を放とうとするより、遥かに魔力の操作が容易い。魔法などとうに極めたと思っていたルーカスでさえそう思うのだから、まだまだ世界は広いものだと笑みを浮かべた。

「気に入ってもらえたんなら良かったわい。そいつを元に、一から魔剣を鍛え上げてやる。まあ、お前さんの選定試験までには間に合わせてやろう」

「感謝する、老人」

「老人はやめい、テロンじゃ」

「ならば、俺のこともルーカスと呼ぶがいい。お前の作り上げる魔剣、期待しているぞ、テロン」

選定試験でアリアドネと戦うのはティニーであり、ルーカスはオマケだ。何なら、魔剣などなくとも全ての候補生を薙ぎ倒せる自信もある。

だが、それでも……こうして誰かに装備を作ってもらい、誰かの想(おも)いを託されるというのは悪くないと、そう思った。

(あるいは、あいつも今の俺と同じだったのかもしれんな)

人類全ての希望を託され、自分の身すら顧みずに聖剣を手に戦いを挑んできたガルフォードを思い出し、感慨に耽る。

直後、語り過ぎて気恥ずかしくなったのか、あるいは単に作業の邪魔だったのか、作業場を追い出されたルーカスは、本当にカウンターで店番をしていたティニーに話しかけられる。

「ルーカス様、どうでしたか？　魔剣は用立ててもらえそうでしょうか？」

「ああ、問題ない。ついでに、お前のことを頼むと言われてしまったぞ。疲れているように見えるから、気にかけてやれともな」

「……テロンさん、勝手に何を言ってるの……」

後で文句言わなきゃ、とティニーが頭を抱える。

しかし、言葉とは裏腹にその表情は少し嬉しそうで、ティニー自身もテロンには心を開いているのがよく分かった。

「お前を心配している人間も、ちゃんといるのだな」

「……そうですね、テロンさんくらいです。ずっと……そう思っていました」

そう思っていた、という言葉がアリアドネのことを指しているのだと、ルーカスにもすぐに察せられた。

「案ずるな、お前も着実に成長している。アリアドネを打ち負かし、それを諌めることとて不可能ではないさ」

「ありがとうございます。ちなみにですが……勝率はどれくらいだと思いますか？」

「一割程度だろうな」

「ふふっ、ハッキリ言いますね」

「不満か？」

「いえ、自分でも厳しい戦いになることは分かっていましたから。それに……逆に言えば、一割は勝てる可能性があるってことですよね？」

「ああ。間違いなく、ゼロではない」

「なら、十分です。他ならぬルーカス様がそう言ってくれたのですから、私はそれを信じて戦えます」

そう告げたティニーの表情は、少しだけ出かける前よりも晴れやかになっていた。

自分の身を案じてくれる存在を実感し、するべきことを今一度再認識できたのだろう。これなら大丈夫そうだと、ルーカスも笑みを浮かべる。

「ならば示してみせろ、お前の力を。期待しているぞ」

「はい！」

◆◆◆

「順調かな？　アリアドネ」

「……ベリルさん」

アリアドネが修行を続ける異空間にて、ベリル・エニクスが唐突に現れる。

聖剣と、修行するための場すら与えてくれた相手ではあるが、アリアドネはやはりどうにもこの男を信用しきれない。

それでも、ルーカスを倒す力を得るには、彼に縋るしかない。そんな複雑な思いを抱くアリアドネにとって、彼の来訪は決して喜べるものではなかった。

「修行なら順調です。最初の頃と比べても、聖剣の力を使って体にかかる負担は随分と小さくなりました。これなら、一時間は持ちます」

「それは頼もしい。よくて二十分程度と見ていたんだが、まさかその三倍とは」

「これでも、バラード家の娘ですから。勇者を目指す身の上で、聖剣も扱えないなんて恥は晒せません」

「…………」

アリアドネの言葉に、ベリルがほんの僅かに顔を歪めめる。

しかし、それは気のせいだったのかと思うほどに一瞬で元に戻ると、落ち着いた声色で口を開く。

「流石、あいつの娘だ。やはり君に託して正解だったね」

「……父とは、勇者学園の学友だったんですよね？　当時は仲が良かったんですか？」

今は違うと言外に匂わせているようなものだが、これについてはさほど気にされた様子もなく、あっさりと答えが返ってくる。

「ああ、彼とは良き友だった。互いに切磋琢磨し、共に勇者を目指し何度も決闘したものだ。……最後の選定試験の日まではね」

「え？」

「この話はよそうか。それほど楽しい話でもない」

それより、と。ベリルは周囲を見渡す。

「ここに集まった者達は、もう限界かな？」

「はい……流石に、これ以上は修行相手になれそうにありません」

アリアドネがそう言って肩を落とす視線の先には、倒れたまま動けなくなった生徒達の姿があった。

もちろん死んでいるわけではないのだが、実戦形式の厳しい修行を何日もほぼぶっ通しで続けていたのだ、怪我もするし、疲労もする。ベリルの用意した魔剣のお陰か、傷の治りは早いのだが……それも限度があるため、これ以上の続行は不可能だった。

「仕方あるまい、彼らは私の方で預かろう。エニクス家の専属医療魔法使いに治療させれば、彼らも問題なく選定試験までには回復するだろうからな」

「……ありがとうございます」

強くなるために、勇者として、ティニーに付き纏う魔王ルーカスを打ち倒すために何でもすると誓ってここにいるが、だからといって彼らがこのまま再起不能になったり、選定試験にも出られないなどということになったりするのは、アリアドネとしても心苦しい。

それがなくなるというのなら、願ったり叶ったりだ。

問題は、そうなるとアリアドネが本番まで修行するための相手がいなくなることだが……。

「代わりに、私が君の相手を務めよう」

「……よいのですか?」

「もちろん、これも娘のためだ」

ベリル・エニクスの実力のほどは詳しく知らないが、少なくとも学生時代はアリアドネの父と勇者の座を争ったほどの人物だ。

卒業後は一時騎士団に在籍していたものの、すぐに引退してエニクス家当主として政治の場に携わっているため、現在どれほどの実力があるのかは疑問が残るが……勇者学園の大先輩から訓示を受けられるというのは、やはり貴重な機会だろう。

本番が近い今、最終調整の相手としては申し分ない。

「ああ、私が貴族家当主だからといって、加減する必要はないぞ。全力でかかってくるといい」

「分かりました。……行きます!!」

片手に聖剣、片手に愛用の魔剣を携えた双剣スタイルで、ベリルに突撃するアリアドネ。

走り寄った勢いのまま、聖剣を叩きつけて……そのあまりの手応えのなさに、目を見開いた。

「ぐぅ……!?」

「えっ……」

魔剣を横に構えてアリアドネの斬撃を受け止めようとしたベリルは、その衝撃を抑えることもできずに大きく弾き飛ばされる。しかも、足腰の踏ん張りが足りずに空中でバランスを崩し、着地もできずに地面を転がった。

あまりにも情けない姿に、アリアドネが困惑する中……ベリルは、むしろ楽しげに笑い始める。

「ふははははは！　いや、素晴らしい。この力があれば、間違いなく上手くいくだろう……さあ、どうしたアリアドネ、もう少し君の力を私に見せてくれ」

「は、はい……」

そう言われてしまえば、続ける他ない。

こうしてアリアドネは、選定試験直前に、どれほどの意味があるのかも分からないベリルとの打ち合いに励み……その間、彼はずっと愉しげに笑い続けていた。

第五章　勇者選定試験

時は流れ、勇者選定試験当日。

候補生失踪騒ぎが単なる連絡漏(も)れであり、本人達の意思による自主合宿だった……ということになっているが、今日この日も現れなければ流石に問題である。

しかし、流石にそれは杞憂だったようで、校門の前で待っていたルーカスとティニーの前に、アリアドネが現れた。

「あら、お出迎えしてくれるなんて嬉しいわね。そんなに私が恋しかったの？」

「少なくとも、ティニーが恋しがっていたのは確かだな。お前が聖剣の力に〝喰(く)われて〟再起不能になってやしないかと、ずっと気に病んでいた」

「そう……心配してくれてありがとう、ティニー。でも大丈夫よ……私はもう、この剣を完璧に使いこなしてるから」

腰に差した聖剣の柄を叩(たた)きながら、アリアドネは自信を覗(のぞ)かせる。

それが単なる強がりでないことを察しながら、それでもと一縷(いちる)の望みをかけてティニーは話しかけた。

「アリア……今からでも、そんな剣は捨てて普通に試験に臨まない？　ルーカス様は、あなたが思っているような悪い人じゃない」

勇者選定試験は、決闘と同じく互いの殺生を防ぐための制限魔法が魔剣へと施される。

だが、アリアドネの口ぶりからして、そんなルールに則った戦いで決着をつけて終わりにするとは到底思えない。

ルーカスを、〝魔王〟を討ち滅ぼすと宣言しながら、敢えて勇者選定試験の場を選んだのには何か理由があるのではないかと懸念するティニーへ、アリアドネはにこりと微笑む。

「大丈夫よ、私は負けないから。あなたを縛る魔王の影、私が全部ぶっ壊してあげる。それじゃあ、また後で」

「アリア……」

言葉による説得には応じず、そのまま校内へ歩き去っていくアリアドネ。

その背中を悲しげな表情で見送ったティニーの肩を、ルーカスは励ますように軽く叩いた。

「言葉が届かないのであれば、魔法を交わして分からせればいい。行くぞ」

「はい……」

ティニーと二人で、ルーカスが向かう先は講堂だ。

クラス分けなどというものは勇者学園には存在しないため、連絡事項がある場合は対象者がこの場所に呼び出され、一斉に伝えられる仕組みになっている。

　勇者候補生百名が集められたその場所で、もはやお馴染みとなった顔を見つけたことで、ルーカスとティニーは揃（そろ）って目を丸くした。

「ラルグ、なぜここにいるのだ？　呼び出されたのは勇者候補生だけだと聞いたが」

「あなたはルーカス様に負けて序列外に落ちたでしょう？」

「決闘し直して序列百位に滑り込んだんだよ!!　元々六十位だったんだぞ、それくらいできるわ!!」

　相変わらず素で煽りやがって！　と憤慨しつつ、言っても無駄だと思ったのかがっくりと肩を落としてそれ以上の追及を諦（あきら）めたラルグ。

　そんな彼に、ルーカスはふっと笑みを浮かべた。

「冗談だ、お前ならあるいは勇者にだってなれると期待している」

「本当かよ……」

「本当だ。十分素質はある」

　あくまで素質はな、というルーカスに、ラルグはぐぬぬと悔しげに歯を食いしばる。

　そんなやり取りに、ティニーの緊張も少しばかり解れていくのを感じながら……やがて、壇上に一人の教師が現れた。どうやら、学園長からの訓示があるらしい。

　明らかに背の低い、幼い子供と見紛うほどの少女が学園のトップとしてそこに立っているおかしな状況だが、誰（だれ）もそれを疑問には思わない。

彼女の外見には、明らかに人とは異なる特徴が備わっているからだ。

(なるほど、エルフか)

森林を思わせる緑色の髪に、黄金の瞳。何より目立つのは、その長い耳だ。

人間の始祖、始まりの魔法使いの末裔等々……様々な呼び方をされている、不老長寿の少数民族、エルフ。あまりにも数が少なく、ルーカスの知る時代ですら人との混血が進んでほぼ絶滅していた種族なのだが、どうやら千年経ってもまだ生き残っている者がいたようだ。種族として人よりも優れた魔法を有していることが多いエルフなら、学園の長というのも頷ける。

(エニクス家の力で俺を無理やり捩じ込まれるくらいだ、大した相手ではないのだろうと思っていたが、これはなかなか……む?)

そんな学園長が、一瞬だけルーカスの方を見た。

好奇心とは違う、どこか郷愁を感じさせるその表情に、なぜそんな顔を向けられるのか、全く心当たりがないルーカスは首を傾げるが、当の学園長はすぐに視線を逸らし、集まった候補生全員に向けて語りかけた。

「皆の者、よくぞ集まった。わしの名はルグラン、この勇者学園の学園長じゃ」

声のトーンまでもが幼いが、その声にはどことなく数多の年月を生き抜いた者特有の重みがあり、誰もが自然に耳を傾ける。

そんな生徒達の様子に満足しつつ、ルグランは言葉を重ねた。

「知っての通り、これより勇者選定試験が始まる。ここに集められた者は、この学園における上位百名、勇者候補生じゃ。この戦いに勝ち抜いた者が今代における〝勇者〟となる。……世間には、ただ平和式典の主役となるだけのそんな称号に、どんな価値があるのかと嘯く者もいるようじゃが……わしはそうは思わん」

　にやりと、ルグランが笑みを浮かべた。

「今ある世界の平和は、千年前の勇者がつくり上げたもの。その後を継ぎ、たった一年であろうと〝勇者〟を名乗るのじゃ。それはつまり、お前達のうちの誰かが、その偉業を過去から未来へと繋ぐ架け橋となることを意味する。その重みをゆめゆめ忘れることなく、これまでの成果を存分に発揮し戦い抜いてほしい」

　では、と。

　ルグランは、その顔に浮かべた笑みをより一層深くしながら、手を掲げる。

「これより、勇者選定試験前半戦――〝鬼ごっこ〟を開始する。脱落した者はすぐにわしが医務室へ運んでやるから、安心して死力を尽くすがいいぞ」

　勇者候補生百名の中から、たった一人の勇者を決める戦い。それをトーナメントや総当たり

でやっては時間がかかり過ぎる。

　そこで、トーナメントを行える程度に人数を絞るために行われる第一試合が、〝鬼ごっこ〟……学園長であるルグランが魔法によって作り上げた異空間にて、その主(あるじ)たるルグランから最も長く逃げ延びた八名が、第二試合となるトーナメント戦へ駒を進めることができるのだ。

「なるほど、空間魔法の真髄は、己(おのれ)の得意な土俵へ対象を引きずり込むところにある。そんな空間の中で、絶対的な強者となったルグラン学園長……〝鬼〟を相手にしても、心折れずに最後まで挑み続ける不屈の心を競うわけだな。絶対強者たるこの俺に挑んだガルフォードの後を継ぐというコンセプトなら、悪くない内容と言えるだろう」

　そんな評価を下すルーカスの周囲には、ルグランの魔法で形作られたと思しき黄金の騎士達が出現していた。

　ルーカスの《魔兵召喚(サモンダークネス)》と同類の魔法、《時空兵召喚(サモンディメンション)》だろう。他の候補生は見当たらないので、一人一人に別空間を用意したということか。

　大した実力者だと、ルーカスは素直にルグランへ賛辞を贈った。

「ちょうどいい、こいつの試し斬り相手になってもらうとしよう」

　一斉に襲い掛かってきたそれらに対し、ルーカスは腰の魔剣に手をかける。

　刃先に僅かな魔力を纏わせるだけの、魔法とも呼べない基礎の魔力操作のみで魔剣を強化したルーカスは、一呼吸でそれを抜き放った。

「ふっ――」

一閃。群がってきた黄金の騎士達が、一体残らず上下に両断され消滅する。

その戦果を見届けたルーカスは、満足げに魔剣を眺めた。

「うむ、人が作った剣というのも悪くないな。自分で自分用に作り上げたものとは、また違った味わいがある」

まるで初めて与えられた玩具にはしゃぐ子供のように、ルーカスの心は高揚していた。

いっそ、選定試験は魔法なしに剣一本で戦ってみようかなどと、他の候補生が聞けば舐めているのかと激怒しそうなことを平然と考え……新たな時空兵が出現したのを見て、実に嬉しそうな笑みを浮かべる。

「いいぞ、もっと来い。もっと俺を楽しませろ」

こうしてルーカスは、前半戦終了までの間、ひたすら出現する時空兵を斬り続けるのだった。

時空兵との果てしなき連戦を終え、ティニーは現実世界の講堂へと帰還を果たした。

かなり強力な相手だったが、ルーカスの指導を受けたお陰で何とか大きな消耗もなく切り抜けられたティニーは、床に降り立つと同時に顔を上げ……実に暇そうに欠伸を噛み殺しながらその場で横になっているルーカスを見つけ、きょとんとした顔になる。

「ルーカス様、どうなされたのですか？」

「む？　おお、ティニー、ようやく終わったか。いやなに、気持ちよく魔剣を振るって遊んでいたのだが、そこにいる学園長にいい加減にしろと怒られてしまってな。一人だけ、一足先に戻されてしまったのだ」

つまらん、と不満そうなルーカスが指し示す先には、魔法の使いすぎで滝のような汗を流すルグラン学園長の姿があった。

時空兵は倒しても倒しても湧いてくるのは確かだが、エルフである学園長の召喚するそれは相当に強い。しかも、一度に出せる数は千とも万ともいわれている。

ティニーが撃破した数は、精々が十数体だったことを考えても……ルーカス一人でどれだけ倒したのか、想像もつかなかった。

「勘違いしているようだが、先んじて戻されたのは俺だけではないぞ」

「えっ……」

あちらを見ろと、ルーカスが再び指し示す先にいたのは、アリアドネだった。

涼しい表情で第一試合が終わるのを待つその姿からは、不安も恐れも感じられない。

強くなったつもりでいたが、やはりまだ差があるらしい。自分が挑もうとしている壁の高さを改めて突き付けられる格好になったティニーだが、もう迷わないとばかりに頭を振り、弱気な心を追い出した。

そうこうしているうちに、他の候補生達も次々に異空間から帰還し……八人目に、ラルグの姿もあった。

疲労困憊で、見ていて心配になるレベルではあったが。

「えーと……ラルグ、大丈夫……?」

「ぜえ、はあ、ぜえ……!!　こ、これくらい、大丈夫に、決まってん、だろ……!!　げほっ」

今にも倒れそうな姿を見る限り、とても大丈夫そうには見えないが……少なくとも、こうしてここにいるということは、たった八人分しかない後半戦の席を勝ち取ったということだ。

序列百位ギリギリ、誰もが早々に脱落すると考えていた男の番狂わせ。そんなラルグの奮闘に、ティニーも少しばかり勇気を貰った。

「さ、さて……これで、選定試験前半戦の勝者が出揃ったな」

少々フラフラと疲れを滲ませながら、ルグランが声を上げる。

こんなことで次の監督もできるのかと不安になるが、ここから先は彼女が戦うわけでもないのだから大丈夫なのだろう。恐らく。

「ここからはトーナメント形式で、一対一で戦ってもらう。序列の高い者から順に、対戦相手を指名せよ」

ランダムではなく指名制というのは不公平にも思えるが、普段から序列戦を勝ち上がってきた者のメリットがここにある。

選定試験で最終的に勝利することを目指すのであれば、できる限り強者同士で潰し合わせ、自分は力を温存しながら勝ち上がりたいのは誰もが同じ。当然、序列一位のアリアドネが指名するのは自分だろうと、ラルグは何とか立ち上がって精一杯の虚勢を張るが……アリアドネの目に、ラルグの存在など映っていなかった。

その瞳が映すのは、最初からただ一人、ルーカスだ。

「私が指名するのは……」

「アリア、私と戦って」

しかし、そんなアリアドネの前に、ティニーが立ち塞がる。

思わぬ事態に誰もが閉口する中、ティニーは必死に訴えかけた。

「今のアリアに、ルーカス様のことをどう伝えても無意味なのは分かってる。だからこそ……魔法で分からせてあげる。間違ってるのは、アリアの方だって」

「……あんたは、本当に変わらないわね。昔から、一度決めたことは何を言っても全然変えようとしなくて……」

言葉通り、昔を懐かしむように目を細めるアリアドネ。

しかしすぐに、その眼差しを決意へと変え、ティニーを睨みつけた。

「いいわよ、ならまずはあなたから叩きのめす。あなたの目を覚まさせて、その上で魔王を討ち滅ぼしてやる……!!　私と戦いなさい、ティニー・エニクス!!」

第六章　譲れない想い

勇者選定試験後半、トーナメント戦に移行したその戦いは、闘技場で全校生徒に公開される。

その最初の試合が、序列一位のアリアドネと、序列十位のティニーだと知り、会場は大盛りあがりだった。

もっとも、期待されているのは手に汗握る熱戦というより、アリアドネが異端児のティニーを叩きのめすシーンだろうが。

「…………」

そんな完全にアウェーな空気の中心で、ティニーは何度も深呼吸をしていた。

脳裏に浮かぶのは、ルーカスの言葉。

勝率は僅か一割、だが決してゼロではないと、期待していると言ってくれた。

適当な嘘(うそ)を吐いたり自分を取り繕ったりしないルーカスの言葉だからこそ、ティニーはそれを真っ直ぐに信じることができる。

それを掴(つか)み取ることができるかどうか、全(すべ)ては自分次第だ。

「……考えてみれば、初めてね。私達が、こうして戦うのは」

考え込んでいたティニーに、正面で対峙するアリアドネが語りかけてきた。

その内容に、言われてみればとティニーは頷く。

「確かに……出会ってから十年くらい経ってるのに、一度も勝負したことなかった」

「それが良くなかったんでしょうね。心の何処かで、あなたと本気で向き合うことから避け続けていた」

だから今は、こんなザマよと、アリアドネは自嘲するように呟く。

〝勇者〟になることを期待され、多くの人に囲まれながらもその圧力で身動きが取れなくなっていたアリアドネ。

〝魔王〟に憧れ、生まれ持った力のせいで周囲から忌み嫌われ孤独に生きてきたティニー。

正反対のようでどこか似た二人の少女は、共に決意の表情で顔を上げた。

「でも、それもこれまでよ。あなたを倒して、陽の光の下に引きずり出してやるわ、ティニー!!」

「こっちのセリフ。あなたを倒して、今本当に闇の中を歩いているのはそっちだって教えてあげる、アリア……!!」

試合開始の合図が告げられ、両者共に魔剣を抜き放つ。

右手に聖剣、左手に炎の愛剣という双剣スタイルを持つアリアドネが、まずは速攻とばかりに突っ込んできた。

目にも止まらぬスピードで繰り出される、右の聖剣。

それを、ティニーはギリギリのところで防ぐのだが……力ずくで、押し切られた。

「くぅ……!?」

「まだまだぁ!!　《炎剣一閃(フレアスラッシュ)》!!」

弾(はじ)き飛ばされて空いた距離を埋めるように、アリアドネが左の炎剣を振るって魔法の斬撃を飛ばす。

灼熱の炎を纏うその攻撃を、何とか体勢を低くしてやり過ごすティニーだったが……再び顔を上げた時には既に、目の前にアリアドネの姿がある。

「っ……!!」

「やぁぁ!!」

両腕をクロスさせるように放たれた二つの斬撃を、何とか魔剣で防ぐ。

だが、片手で振るわれた剣すらまともに防げなかったというのに、両手から繰り出された重い一撃を防ぎきれるはずもない。あっさり吹き飛ばされ、何度も地面を転がった。

魔法で風を操(あやつ)ってクッション代わりにし、何とか体勢を整え直したティニーは、ギリッと歯を食いしばる。

「くぅ……強い……!!」

厳しい戦いになることは知っていた。だがそれにしても、最初からここまで一方的な展開になるとは想定外だ。

このままでは、何もできないままにただやられるばかりだろう。

「《魔兵召喚(サモンダークネス)》……!!」

何とか状況を立て直すべく、ティニーが選んだのは召喚魔法。魔力で生み出される疑似生命体による牽制だった。

連日の訓練によってようやく使えるようになった新魔法。ルーカスが召喚するものによく似た、不気味な漆黒の悪魔達が三体出現し、アリアドネを囲い込むように襲い掛かるのだが……。

「《閃光(フラッシュ)》!!」

攻撃魔法ですらない、ただの光を放つだけの魔法によって、あっさりと消滅してしまう。

あまりにも常識外れな光景に絶句していると、アリアドネはそれを誇るでもなく淡々と告げる。

「そう驚くことでもないでしょう？　聖剣が持つ光の魔法には、魔族の魔法に対する特効がある。〝本物〟の魔族が相手なら、流石にここまであっさりとはいかないでしょうけど……あなたが扱う〝紛い物〟の魔法なら、簡単に消せるわ」

「………………」

ティニーはずっと、〝魔族もどき〟と周囲から呼ばれていた。

そう、〝もどき〟であって、〝魔族〟ではない。

魔族と似た力を持ち、人の魔法がほとんど使えないというのに、魔族の魔法も完璧に扱えるわけではない半端者。

それを改めて突き付けられた格好になったティニーへと、アリアドネは更に言葉を重ねた。

「これで分かったでしょ？　あなたはあくまで人間、魔族なんかじゃない！　あんな男のことは忘れて、剣を下げなさい！　私が……今度こそ私が、勇者になってティニーのことを守るから‼」

勇者になれば、その威光があれば、ティニーが周囲に悪く言われることを防いで、穏やかに過ごせる環境を整えてあげられるはず。

そんなアリアドネの気持ちを聞き届けて、ティニーは小さく笑みを浮かべた。

「アリアは、やっぱり優しいね……初めて会った時と同じ。今も昔もずっと、アリアは私の勇者様だよ」

でも、とティニーは立ち上がり、魔剣を構え直す。

ここで退くつもりはないと、その姿で示すように。

「私は、ただアリアに守られるだけの存在になるつもりはないよ。約束したから」

ティニーの脳裏に浮かぶのは、幼き日に誓い合った言葉。

アリアドネが勇者に、ティニーが魔王になって手を組めば、この世界に敵う相手なんていない、みんなが笑顔で過ごせる世界をつくれるはずだと。

所詮は、子供の浅はかな考えで至った絵空事だ。今の勇者に世界を変えるほどの力はないし、魔族ですらないティニーは魔王になることもできない。

それでも。

「私も強くなる。強くなって、自分の手でこの世界に私の存在を認めさせてみせる。そうしなきゃ、アリアの隣に立つ資格なんてないと思うから」

「それが魔王と一緒にいることだっていうの……？」

「うん。ルーカス様の傍にいれば、私はもっと強くなれると思うから。〝魔族もどき〟なんかじゃなく……〝人〟として」

胸の内にある想いを全て告げられ、アリアドネはしばし顔を俯かせる。

そして……もう一度顔を上げた時、その瞳に宿る強烈な敵意の感情に、ティニーはびくりと肩を震わせた。

「認めない……そんなの認めないから!!」

「アリア……？」

「魔王は勇者の敵、滅ぼさなきゃいけない悪なの！　それを擁護するっていうなら……あなたも斬るわ、ティニー!!」

叫ぶと同時に、アリアドネの聖剣から噴き上がる光が爆発的に強くなっていく。

明らかに様子がおかしいが、やるべきことは変わらない。何がなんでも、アリアドネを相手に勝利を掴むのだ。

（私の魔法は紛い物、アリアドネには通用しない……でも、だからって〝普通〟の魔法が使えるわけじゃないことは、もう分かってる）

普通の攻撃魔法がアリアドネのように使えるなら、ティニーとて最初から魔王に傾倒などしなかっただろう。

だが、ルーカスから教わった魔族の〝異能〟により近い闇の魔法も、完全には使いこなせていない。

ならば、どうするか。その答えは、既にルーカスから教えられていた。

（私の……私だけの魔法を作る……!!）

魔力をより深く、より色濃く凝縮させていくことで、単純な魔法の威力向上だけでなく、自分だけのオリジナル魔法を生み出すことも可能だとルーカスは語っていた。それが、魔族にとっての〝異能〟なのだと。

訓練の中で幾度か試しながらも結果は出せず、異能習得は半ば諦めかけていたのだが……事ここに至っては、異能だけが起死回生の唯一の手段だ。〝半端者〟の自分が、〝自分自身〟としての力を得る以外に、アリアドネに打ち勝つ術はない。

元より、アリアドネの魔力切れを狙うという消極的な作戦ではあったが……現状、それを達成するのは現実的ではないのだから。

「はあぁぁ!!」

「くっ……!!」

とはいえ、今は戦闘の真っ只中だ。

ルーカスの教え通り、普段から魔力を凝縮する癖を付けるようにしていたとはいえ、これ以上の水準を今この場でというのはなかなかできることではない。

まして……たとえ凝縮が上手くいったとして、それがどういう力として発現するかはルーカスにも予想できないと言われたのだ。仮に異能が使えるようになったとて、それが勝利に結びつくかは不明だ。

(それでも、やる……やってみせる……!!)

ルーカスは、ティニーにも勝ち目はあると言っていた。

ならばできるはずだと、ティニーは自身の内側で魔力を練り上げる。

アリアドネの繰り出す嵐の如き猛攻をギリギリのところで捌きながら、必死に。

「ティニィィィイ!!」

「アリアッ……!!」

左の炎剣が振るわれると同時に、天すらも焼き焦がすような火柱が上がる。

魔剣だけでなく、魔法による障壁まで展開して何とか炎に巻かれることなく防ぎきったティニーだが、立て続けに右の聖剣から光の斬閃が放たれる。

直撃どころか、掠(かす)るだけでも意識が持っていかれかねない威力の魔法が、空間を埋め尽くす弾幕となって迫りくる光景に、肝(きも)を冷やしつつ……〝紛い物〟の魔法で囮(おとり)となる魔兵をばら撒(ま)きながら、何とか自分が生存できる隙間(すきま)を見つけ出し、耐え凌ぐ。

「どうして倒れないのよ‼　魔力も魔法の威力だって、今は私の方が上なのに……‼」

「ルーカス様が、こういう展開になることを見越して訓練してくれたから。ルーカス様の攻撃に比べたら、これくらい……‼」

「っ……あぁぁ‼」

ルーカスの圧倒的な力を背景に、ギリギリ耐えきれない攻撃を数日にわたって浴びせられ続けてきたティニーは、危機管理能力と回避能力だけは僅か数日で飛躍的に向上していた。これはティニー自身が、一撃に懸ける高威力の魔法より、小規模の魔法を細かく発動する〝器用な〟魔法の方が得意としていたのも影響している。

その結果が、今の状況だ。圧倒しているのは間違いなくアリアドネであるはずなのに、攻め切れていない。

しかし、それも長くは持たないであろうことは、周囲の誰(だれ)もが……ティニー自身もまたよく理解している。

そうなる前に、見つけなければならない。

自分だけの魔法を、自分自身を表す力を。

（もっと……もっと濃く……固く……!!）

必死に魔力を練り上げながら考えるのは、これまで自分が歩んできた軌跡。

周囲から冷たくされ、距離を置かれていたのは確かだが、ティニー自身も決して人に褒められるような道を歩んできたとは言い難い。

勇者になるべく教育され、周囲の期待に押し潰されそうになりながらも、他者に優しくあり続けたアリアドネとは雲泥の差だ。少なくとも、ティニー自身はそう思っている。

だが……それを過ちだったと切り捨てる気にはなれなかった。

（私は周りを気にしてこなかったんじゃない、周りの目が怖かっただけ。だから、目に映るものを全部拒絶して、見ないふりをしてきた。でも……それなら今から周りに合わせればいいのかっていったら、そうじゃない。必要だったのは、魔王様の存在でも単純な力でもない、私自身の意志……私自身を変える覚悟だ……!!）

限界まで練り上げ凝縮された魔力が、ティニーの心の有り様に呼応して新たな色彩を放つ。

それを感覚的に理解し、自身の内側へと沈んでいた意識が外へ向くと……ちょうど、アリアドネが聖剣を構え、渾身の一撃を放とうとしているところだった。

「これで終わりよ!!　《聖剣(エクスカリバー)》アァアァ!!」

全ての邪悪を滅する聖なる光の斬撃が、ティニー目掛けて振り下ろされる。

空間全てを埋め尽くすそれは、もはや回避などできるはずもない。闘技場全体がルグラン学園長の結界で守られていなければ、観客席にすら被害が出ていただろう。

いくら制限魔法がかけられているといっても、こんなものをまともに喰らえばティニーの命が危ない――そんな危機感を抱く教師達だったが、それは杞憂となる。

ピキン、と。どこからともなく、大気が凍り付くような音が聞こえた。

「《やあぁぁぁぁぁ》!!」

まだ名前もない、ただの雄叫びが魔力を呼び起こし、魔法へとその姿を変えていく。

ティニーの体から溢れ出すのは、一見するとこれまでと同じ漆黒の魔力だが……それが魔剣を伝うごとに藍色を帯び、闇色の冷気を纏い始めた。

斬閃に沿って放たれた異端の冷気は聖なる斬撃に絡み付き、実体を持たないただのエネルギーであるはずのそれを凍結させていく。

やがて砕け散った衝撃がティニーを襲い、その体を吹き飛ばすが……まだ、戦闘不能には至らない。

魔剣を手に、新たに掴んだ力を添えて、不退転の覚悟でアリアドネへと刃を向ける。

「はあっ、ぜえっ、はあ……!! 勝負は、これから、だよ……アリア……!!」

「っ……いい加減、諦めなさいよ……! 今更、そんな隠し球を出したところで……勝ち目なんてないのに……!」

「そうかも、しれない……でも、まだ……私の、言葉……届いて、ないから……届くまで、頑張る……!!」

「ティニー……あなた、本当に……頑固なんだから……」

「それは、お互い様」

二人で向かい合い、再び魔剣を構え直す。

お互いに退けない理由を胸に秘め、助けたいと願った相手を打ち倒すために。

「もうこれ以上は容赦も手加減もできないから……魔王を倒す邪魔をするっていうなら、まずはあなたから叩(たた)きのめすわ、ティニー!!」

「望むところ……その全力を打ち破って、絶対にアリアを止めてみせる……!!」

この試合が始まる前に掲げた誓いを、今一度胸に刻み込んで。

二人の少女のぶつかり合いは、より一層激しさを増していった。

「ふっ……それでいい」

ティニーが新たな魔法を編み出した光景を、ルーカスは異空間から遠見の魔法で眺めていた。

《遠見(テレスコープ)》は本来、ただ遠くを見るだけの魔法なのだが、ルーカスが使えば純粋な距離だけでなく空間さえも超越する。

なぜ会場で直接見学せずに、わざわざこんな場所にいるのかといえば……控え室にいた彼を、とある人物が呼び出したからだ。

しかし、その呼び出した人物はルーカスをこの異空間へと案内した後、先に急用を済ませてくると言ったきり戻ってこない。

あまりにも退屈だったため、こうしてティニーの勇姿を見守っていたのだが、気付けば随分と時間が経ってしまっていた。

「ふむ。……戻るか」

この場所からでもティニーの奮戦ぶりを見ることはできるが、やはり魔法越しに見るのと直接目にするのとでは気分が違う。

以前のルーカスなら、大して変わらないだろうと気にもしなかったはずなのだが……ティニーの戦いとなると、ついそうしたくなってしまうのだ。

そんな自分の心境の変化に、ルーカス自身も僅かな戸惑いと、悪くないという確かな手応えのようなものを感じ――直後、腰の魔剣を抜き放って虚空を薙いだ。

ガキンッ!!と激しい金属音を響かせ、不気味な〝影〟が異空間という海を泳いでいく。

一体何者だと、普通の人間であれば取り乱してもおかしくない状況ではあるのだが……ルーカスに動揺はなく、その正体も既に見破っていた。

「魔族か。この時代ではほとんど生き残っていないと聞いていたが、まさかこんなところで会うことになるとは思わなかったぞ」

『…………』

　人とは異なる特殊な生態と異能を持ち、人とは異なる高密度の魔力を肉体に宿す強大な種族。かつてルーカスを〝王〟として崇め、今は勢力を増した人間達によって大陸の端の端まで追いやられているはずの魔族が、なぜここにいるのか？

　疑問は覚えるが、当の魔族は答える気がないのか、異空間を泳ぎ回りながらルーカスへと再度攻撃を仕掛ける。

「なるほど。異空間を構築し、そこを〝水中〟という概念へ変更することで、自由自在に敵の周囲を泳ぎ回る三次元戦闘を可能としているわけか。工夫が行き届いていて良いではないか……マーマン」

『っ……』

　正体を看破されて驚いたのか、僅かに空間に〝揺らぎ〟が生じた。

　そこへ、すかさずルーカスが魔剣を向けて魔法を発動する。

「《空間監獄(ディメンションプリズン)》」

「ぐわっ⁉」

　指定した空間ごと切り取るように周囲との接続を断ち、疑似的な異空間へと相手を封じ込める魔法。

それによって周囲の空間との同化を解かれ、姿を現したのは……ルーカスが指摘した通りの、半人半魚の魔族、マーマンだった。

魚の頭と人の体を持ち、手足や背中などにヒレを付けたその男へ、ルーカスは魔剣の切っ先を突き付ける。

「さて、こうして顔を合わせられたところで、教えてもらおう。何が目的だ？」

ルーカスをここに案内した男と、このマーマンは何かしら繋がりがあるのだろう。しかし、そうまでして何がしたかったのかは分からない。

それを聞き出そうとするルーカスだったが……そんな彼の背後から、新たな気配が襲ってきた。

「む……？」

「はぁ!!」

気配の主は、二人目のマーマン。その腕に備わったヒレから魔力の刃を伸ばし、鉤爪のような武器に変えて叩き込んでくる。

それを、ルーカスは相手のお株を奪うように異空間へ溶け込むことで回避してみせた。

予想外の回避方法に二人目が動きを止めた瞬間、ルーカスは背後から出現して魔剣を掲げ……それを振り下ろすことなく、一旦距離を取る。

直後、ルーカスがいた場所を異能によって作られた魔力刃が飛び交い、無人の空間を薙ぎ払った。

「これも通じないか……流石だな」

「あの男が本物の魔王だと嘯いたのも分からなくはない」

「だが……魔力は魔族のそれと近くとも、使っているのは人の魔法だ、〝異能〟の一つも見られないようでは、確証がない」

次々と現れる、三人のマーマン。ルーカスの魔法で囚われた仲間を助け、計五人となった彼らはルーカスを取り囲むように広がりながら、口々に彼を評する。

やがて、彼らの中で何か結論が出たのか、五人全員が魔法の鉤爪を伸ばして空間に溶けていった。

『ならばもう少し確かめてみよう』

『この男が本当に……〝魔王〟の生まれ変わりなのかどうかを』

「……ふむ、なるほどな」

どうやらマーマン達は、ルーカスが魔王の転生体だという情報を与えられ、その真偽を確かめに来たらしい。

魔王に対して不遜な——などと、そんなことは思わない。むしろ、実際に戦ってみようという その発想は、ルーカスからしても好ましいものだ。

もし〝本物〟だった場合に自分達がどうなるか、それを考えていないはずはなく……それを押し除けて、戦うという意志を貫いたということなのだから。

「いいだろう、ティニーの戦いを見て俺も少し疼いてきたところだ。この俺を相手にどこまでやれるのか、お前達の力を見せてみろ」

こうして、他に誰もいない異空間にて、人知れずルーカスの戦いが始まった。

「ふぅ……毎年この時期は大忙しね」

トーナメント初戦から大盛り上がりを見せる闘技場を余所に、今はそれどころではないと激務に喘ぐ一人の教師がいた。

彼女の名は、オリエント。勇者学園内にある救護施設で働く養護教諭であり、医療魔法のスペシャリストだ。

大勢の生徒を抱え、武力を競い合う決闘システムなども存在する都合上、救護施設で働いているのは彼女一人ではない。戦いではなく医療の道を進んだ卒業生や、既にその道に進むことを決めている在校生などを中心に、多数の助手を抱えてはいるのだが……選定試験ともなれば、一日で百人近い怪我人が一斉に運ばれてくることになるため、到底手が足りない。

流石に、すぐに治療せねば死んでしまうほどの重傷を負って運び込まれる生徒は稀ではあるが、放っておけば後遺症が残ってしまうような者なら珍しくもない。

そうした生徒を優先して治療し、軽傷の生徒には寝ていれば治ると尻を叩き、痛みを訴えられては睡眠魔法で強制的に黙らせて……そんな大忙しの作業を、既に一時間以上。

彼女自身や既に経験豊富な教員ならまだしも、応急処置を手伝う生徒達には疲れが見え始めてきた。

まだまだね、と彼らの軟弱さを嘆くオリエントだが、それも仕方がないと思い直す。

（何とか山場は越えたわけだし……そろそろ、一度休憩にするべきかしらね）

医療に従事する者こそ、現場の人間よりも体力を付けるべし。そんな信条を持つオリエントだが、休めそうな時に休むべきというのも確かだ。

「すまない、少しいいだろうか？」

「ああ、はい、何かしら？」

オリエントが助手達全員に向けて声をかけようとしたタイミングで、折り悪く施設内に入ってくる生徒が現れた。

常に忙しくしているオリエントは、初めて見るその顔にはてと首を傾げるのだが……たまたま近くにいた助手の一人が、驚いたようにその生徒を見た。

「お前は、ルーカス・アルバレア！　なぜここに……選定試験に負けた、のか？」

（ルーカス、ルーカス……ああ、思い出した！　変なタイミングで編入してきた生徒で、何だ

か噂になってたわね、そういえば）

魔王を自称する変わり者で、〝魔族もどき〟などと揶揄されるティニー・エニクスといつも一緒にいるという男子生徒。

編入早々に異例尽くしの決闘を二連続で行い、勇者選定試験に滑り込んだという実力者にして……一時は、候補生の連続失踪事件の犯人らしいと、根も葉もない噂を立てられていた生徒だ。

失踪した生徒達が、実は選定試験に向けた〝自主合宿〟をしていただけで、その旨を家族へちゃんと連絡していなかった……ということが分かって冤罪も晴れ、今は選定試験に臨んでいるはずなのだが。どうしてここにいるのだろうかと、オリエントは首を傾げる。

「負けてはいない。だが、もはや試験などどうでもいい。私の目的は他にある」

「目的……？」

どういうことだと、誰もが疑問を抱く中……不意に、ベッドで寝かされていた生徒が起き上がった。

「あっ……気が付いたのね、具合はどう？　どこか痛む場所はある？」

さほど外傷は酷くないにも拘わらず、なぜか気絶したまま目を覚まさなかったその生徒にオリエントが声をかけるのだが、反応がない。ただ、虚ろな瞳で見つめ返されるだけだ。

——彼女は知らなかった。その生徒が、先程思い出した行方不明事件で〝自主合宿〟をしていた生徒であると。

彼女は気付かなかった。目を覚ましたのはその生徒だけでなく、他にも幾人もの生徒が突然むくりと体を起こし……全員が、いつの間にかその手に魔剣を手にしていたことに。

「えっ……」

突如腹部に走った痛みに、オリエントは面食らった。

見れば、目の前にいる生徒の魔剣がそこに突き刺さっており……ごふっ、と口から血が溢れる。

「オ、オリエント先生⁉」

「お前、何を……⁉　うあぁぁ⁉」

「何？　何なの⁉　きゃあああ⁉」

オリエントを刺した生徒以外も、突如として魔剣を振るい周囲へと襲い掛かった。

負傷している候補生も、彼らを治療していた非戦闘員の教員や生徒も見境なく。

(何……？　一体、何が起きているの……？)

なぜ、自分はいきなり刺されたのか。

なぜ、生徒達が突然暴れ出したのか。

なぜ……こんな状況で、ルーカスという生徒は静かに笑みを浮かべているのか。

無数の疑問が渦巻く中で、ルーカスは一人呟く。

「ようやく……ようやくだ。ようやく、私の夢が叶う……君達には、その尊い犠牲となってもらおう」

そんなルーカスの発言で、ようやくオリエントは理解する。この事態を引き起こしたのが彼であり、これはあくまで序章に過ぎない。更にとんでもない〝何か〟を引き起こそうとしているのだと。

誰かに伝えなければ、と使命感を抱くが……既に致命傷を負った体では、どうすることもできない。

虚ろな瞳の生徒達を引き連れて救護施設を後にするルーカスの姿を見ながら、オリエントは思った。

あれはまるで……本物の〝魔王〟のようだ、と。

「ぜえっ、はあっ、ぜえっ……!!」
「ぜぇー……ひゅー……」
アリアドネとティニーの戦いは、佳境を迎えようとしていた。
どちらも疲労困憊といった様子なことには違いないが、肩で息をしながらもまだしっかりと剣を構えられているアリアドネと違い、ティニーはもはや呼吸することすら辛そうに膝をついている。

いくらティニーが新しい魔法に目覚め、闇色の凍気で聖剣の力に対抗できるようになったとしても、聖剣を手にしてから幾日もかけて必死にそれを使いこなすべく鍛錬を重ねてきたアリアドネと違い、ティニーのそれは所詮この場で習得したばかりの付け焼き刃だ。勝ち切るには、あまりにも練度が足りなかった。

「っ……くっ……!!」

それでも、ティニーは負けじと立ち上がる。

もはや意地と闘志だけで立っているその姿に、誰もが「もう諦めて休め」と胸の内で思い……実際にそれを口にできる者はいなかった。

それほどまでに、今のティニーからは「負けたくない」という意志が全身から溢れ、周囲を黙らせるほどの圧力となって放たれている。

もう、ティニーを馬鹿にする者も、魔族もどきなどと罵倒する者もいない。誰もが固唾を呑んで、この戦いの結末を見届けようとしていた。

「……次で決めるわ。覚悟しなさい、ティニー」

アリアドネも、とうに限界を超えたティニーへ今更もうやめろなどと無粋なことは言わなかった。

ただ己（おのれ）の全力で以て、己の正義を遂行する。その意志を込めて、両手の魔剣を構えた。

「……私は負けないよ、アリア」

ティニーもまた、それに応（こた）えるように魔剣を構え、今一度限界まで魔力を練り上げていく。

決着は目前だと、誰もが意識を闘技場の中心へ向けた時……不意に、それは起こった。

観客席の一角で、魔法による爆発が生じたのだ。

「何事だ⁉」

教師の誰かがそう叫ぶ間も、生徒の悲鳴が次々と響き、爆発が連続する。

よく見れば、そこでは数名の生徒達が魔剣を手に暴れ回っており、殺傷力が高い魔法を無制限で使っていた。

テロか、私怨か、理由は分からないが、異常事態ということだけは間違いない。すぐさま、鎮圧のために教師達が動き出そうとして……またしても、観客席の一角で大爆発が起こった。

学園長含む、教師の大半が待機し見学していた席だ。

「なっ……⁉」

「なにが、起こってるの……？」

このような状況でなおも戦い続けることなどできず、二人で呆然（ぼうぜん）と周囲を見渡すばかり。

そんな時、二人に声をかける人物が現れた。

「大熱戦だったようだな。お陰で動きやすかったよ」

「っ……あんたは、魔王!!　この事態もあんたが引き起こしたの!?」

黒髪黒目の男、ルーカス・アルバレアの登場に、アリアドネがいきり立つ。

反射的に、そんなはずはないとティニーは否定しようとして……すぐに口を噤む。

目の前に立つ男から、言いようのない〝違和感〟を覚えたからだ。

「あなた……一体、誰……!?」

問いかけようとしたティニーだったが、それより早くルーカス〝らしき〟人物が懐に飛び込んできた。

速い――と考えた時には既に、眼前に魔剣が突き付けられる。

「《光弾》」

「っ……!?」

「ティニー!!」

魔剣から放たれた光の魔法がティニーを襲い、派手に吹き飛ばされる。

万全の状態であればまだしも、アリアドネとの戦いでボロボロになったティニーにそれを防ぐことなどできるはずもない。何度も地面をバウンドした華奢な体は、そのまま動かなくなってしまった。

「っ……あんた、ティニーは配下なんじゃないの!?　どうして攻撃なんてしたのよ!!」

「用済みだからだよ。私の夢を叶えるのに、あの娘はもう必要ない」

「このっ……下衆がぁぁぁぁ!!」

　怒髪天を衝く勢いで叫びながら、アリアドネは跳び上がる。

　ティニーとの決着をつけるために発動していた渾身の一撃を、感情のままに目の前の男へと叩き込むために。

「《聖炎双剣(エクスカリバー・プロミネンス)》――――!!」

　右の聖剣と左の炎剣を交差させ、光と炎が混じり合う灼光の斬撃を放つ。

　試合のために魔剣へとかけられていた制限魔法も解除した、正真正銘巨悪を討つための聖なる魔法だ、魔王などに防げるはずがない。

　そう考えたアリアドネだったが……全力で放ったその一撃は、ルーカスに届かなかった。

　彼が構えたひと振りの剣に、みるみるうちに吸収されていく。

「……は？　え？　な、なんで……？」

　回避されるなら分かる。防がれるのも、受け入れがたくとも理解はできた。

　だが、何の効果も及ぼさずにただ吸収されるというのは、想像の埒外だ。ましてや……彼の構えた魔剣が、自分の持つ聖剣と瓜二つの外見をしていれば、尚更に。

「どうして……あんたが、その剣を……!!」

「どうして、と聞かれると困るな。これは元より私のもので、君に与えた**それ**はレプリカなのだから」

「え……？」

与えたとは、どういう意味か。この剣を渡したのはルーカスではないはずで――

混乱のあまり、アリアドネはそれ以上の追撃をすることも忘れ、足を止めてしまう。

それが、致命的な隙に繋がるということも忘れて。

「どれ、使ってみるとしよう……《聖炎双剣（エクスカリバー・プロミネンス）》」

「なっ⁉　きゃあああ‼」

先程自身が使った魔法を、そっくりそのままやり返されたアリアドネは、回避も防御もできずにそれをまともに喰らってしまう。

制服そのものにも防御の魔法が織り込まれ、着用者の魔力で常に発動しているために致命傷には至っていないが……全身を焼き焦がされ、赤く腫れた顔でルーカスを睨（にら）んだ。

「聖剣が……魔王なんかに、使えるはず、ない……あんた……まさか……」

「今更気付いたところで、もう遅い。さて……君はティニーと違ってまだ役立ってもらわなければ困る、私と来てもらおうか」

「くっ……」

ルーカスが倒れて動けないアリアドネの手を掴み、荷物のように雑に引きずる。

そのまま、どこかへ連れ去ろうと顔を上げ……そんな彼へと、一人の生徒が飛び掛かった。

序列百位からギリギリトーナメント戦へ駒を進め、控え室で自分の番が来るのを待っていたラルグである。

「このクソが!! そいつを離しやがれ!!」

「む……」

ラルグの振るう身の丈ほどの巨大な魔剣を、ルーカスは己の聖剣で弾き返す。

あっさりと防がれたことに舌打ちするラルグだが、防御のために手を離したルーカスの隙を突いて、アリアドネを抱えて距離を取った。

「あ、あんた……どうして私を……あんたに敵う相手じゃない、早く逃げなさいよ……!」

「ああ? んなボロボロの状態で今にも誘拐されそうになってるやつを見捨てられっかよ!! 他の連中だって、暴れてる奴らへの対処で手一杯だしよ!!」

学園長や主だった教師達の安否すらよく分からない中、今も狂乱した生徒達が暴れ続けている。

警備のために散っていた教師は生徒の避難誘導と彼らの鎮圧に駆り出され、こちらに人手を割く余裕がない。

ラルグしか、今この状況で立ち向かえる人間がいないのだ。

「んなことより……ルーカス、こりゃあ一体どういうことだ!? さっき人に呼ばれたって急にどっか行ったかと思えば、いきなりティニーに攻撃して、コイツまで……何考えてやがる!?」

「違う……そいつは、ルーカス・アルバレアじゃない……」

「ああ？」

激怒するラルグに、追及されている当人に代わってアリアドネが小さく首を横に振りながら答える。

「そいつは、ベリル・エニクス……ティニーの、父親よ……‼」

「ふっ……何を言っているのか、さっぱり分からないな」

アリアドネに看破され、正体を現す……などということもなく、すっとぼけてみせる男。

しかし、そう言われたことでラルグも腑に落ちた表情を見せた。

ルーカスにしては、目の前の男は立ち振る舞いも、口調すらおかしい。見た目以外はさして似せるつもりもないのだろう。

「そういうことなら話は早え、俺がコイツをぶちのめしてやれば、全部終わるってことだな？」

「っ……ダメよ、アンタが敵う相手じゃないって言ってるでしょ⁉」

ラルグはトーナメント戦まで上がってきたが、それでも純粋な実力はアリアドネやティニーの足下にも及ばない。

相手は、そんなアリアドネの全力の魔法を、いかなる手段によってか吸収し、そっくりそのまま跳ね返す術を持っている。ラルグに勝てるはずがない。

「うるせえ、そんなこと知るかよ‼　こんなところで尻尾巻いて逃げといて、勇者になんてなれるわけねえからな‼　力の差なんざ、気合で乗り越えてやらぁ‼」

「威勢のいい若者だな……果たしてその自信がいつまで持つか、試してみるとしよう」

そう言って、男……ルーカスの姿をしたベリルは、聖剣をその場でひと振りする。

何をしているのか、さっぱり理解できないラルグだったが……そんな彼に、ベリルは一言。

「どうやら、威勢よりも先に体が持たなかったようだな」

「何を言って……!?」

次の瞬間、ラルグの体から鮮血が噴き上がった。

いつ斬られたのか、それすら認識できなかったことに、ラルグもアリアドネも驚愕のあまり目を見開く。

「障害にもならなかったな。とはいえ、時間をあまり無駄にはしたくない、行くとしよう」

倒れていくラルグの横を、散歩するかのような気軽さで通り抜けるベリル。

しかし、完全に意識を失う直前だったラルグは、最後の意地とばかりにその場で足を踏ん張らせた。

「うおぉぉぉぉ!!」

技術もへったくれもない、ただ気合で振り回しただけの斬撃。

とはいえ、完全に無力化したと思われていた相手からの思わぬ反撃に虚を衝かれたベリルは、一瞬だけ反応が遅れ……その頬を、ラルグの大剣の刃先がほんの僅かに掠った。

「……ふん、死に損ないめ」

「ぐはぁ⁉」

「ラルグ‼」

少し苛立ち交じりに蹴り飛ばされたラルグは、そのまま気を失って動かなくなる。

頬を伝う自身の血を見て顔を顰めたベリルは、これみよがしに魔法で傷口を綺麗さっぱり消した後、未だ動けないアリアドネの腕を掴んだ。

「何とも無駄な努力だったたな。雑魚め」

「………」

ベリルが魔法を使うと、アリアドネと彼の周りを魔力が渦巻き、異空間への道を開いた。

自身が連れ去られる最中、アリアドネは何をすることもできず……ただ、倒れたまま動かないティニーとラルグの無事を祈ることしかできなかった。

第七章 〝勇者〟の資格

「……ふむ、逃げたか」

異空間で魔族……マーマンとの戦闘を続けていたルーカスだが、彼らは途中で撤退していった。

魂から人間へと変じた今のルーカスには〝異能〟に似た魔法は使えても〝異能〟そのものは使えないため、彼らの目的は達せられなかったはずだ。

つまり、もはや目的の達成は困難と見たか、あるいは五人のマーマンを相手に擦り傷一つ負わずに完封してみせたルーカスを見て、〝異能〟を目にするまでもないと思われたか。

どちらにせよ、少々不完全燃焼であることは否めなかったが。

「まあいい、ようやく俺も闘技場に戻れる。ティニーの試合は……もう終わっているだろうな」

そのことを少しばかり残念に思いながら、ルーカスは強引に空間の壁を破って現実に帰還を果たす。

降り立ったのは、闘技場の目立たない通路の奥。そこから、すぐに観客席の方へと歩いていくのだが……すぐに、空気がおかしいことに気が付いた。

「……なんだ？」

すれ違う生徒達からの視線が、これまでの蔑視や好奇のそれではなく、紛れもない敵意と警戒に満ちている。

胸に去来する嫌な予感に突き動かされるまま、すぐに遠見の魔法でティニーの様子を確認しようと闘技場へ〝眼〟を向けて……ルーカスは徒歩を止め、即座に《空間転移(テレポート)》を使用した。

「ティニー、何があった」

突如現れたルーカスの姿に、集まっていた教師達がぎょっと目を剝き……即座に距離を取って魔剣を構える。

それには一切目を向けず、担架に乗せられ今から運び出されようとしていたティニーへ声をかけた。

「ルーカス様……？　本当に、ルーカス様ですか……？」

「ああ、俺だ。何があった、言ってみろ」

状況が全く分からないが、アリアドネと試合しただけなのであれば、ここまでピリピリとした空気に包まれているはずもないし、何より観客席に生徒が一人もいないわけがない。

違和感だらけのその場所で、ティニーは悔しげに歯を食いしばった。

「申し訳ありません……ルーカス様に化けた父が、急に襲撃してきて……数名の生徒達と一緒に、アリアが攫われました」

「アリアドネが？」

どういうことだと、そう問いかけようとするルーカスだったが……周囲の教師はそれを認めず、魔剣へと魔力を注ぎ始めた。

「ルーカス・アルバレア！　今すぐその子から離れろ、これだけのことをやらかしておいて、よくもまあノコノコと顔を出せたものだな⁉」

「……うるさいぞ、少し黙っていろ」

「ぐぅ⁉」

周囲の教師達を、全員纏めて闇の魔法で縛り上げる。

抗議の声すら封殺するように口まで封じ、適当に転がされた彼らがジタバタともがく中、ティニーはルーカスへと縋りつくように懇願する。

「お願いします、ルーカス様……アリアを、アリアを助けてください……‼　あの男は、絶対にロクでもないことを考えています……このままじゃ、アリアがあの男に……‼」

「落ち着け、ティニー」

こんなに取り乱すティニーを見たのは初めてだと、ルーカス自身も少々戸惑う。

それほど、ティニーにとってアリアドネの存在が大きなものだったのだろうと、ルーカスの胸にも息苦しさのようなものが去来するが……詳しい話を聞かなければ、助けるも助けないもない。

困り果てたルーカスに助け船を出すように、すぐ傍でティニー同様担架に乗せられていたラルグが起き出し、口を開いた。

「すまねえ……俺が、俺がもっと強けりゃ……!!」

「……どういうことだ?」

そこから、ようやくルーカスは事の一部始終を知ることができた。

ルーカスの姿をした偽物……恐らくはベリル・エニクスであろう男が現れたこと。

多数の生徒を従え、闘技場に集まった生徒や教師を次々と襲っていったこと。

そして……アリアドネを誘拐し、空間魔法でどこかへ消えていったことを。

「アリアドネも、ティニーも、決闘のせいでボロボロで……けど、俺の力じゃ……時間稼ぎにもならなかったッ……!!　ただ無駄に斬られただけで、何も……誰一人守ってやれなくて……ちくしょうッ……!!」

本気で悔しさを露わにし、傷口が開くことも厭わず地面を殴りつける。

そんなラルグに、ルーカスは静かに首を横に振った。

「無駄なわけがあるか。お前はよくやってくれた」

「下手な慰めなんていらねえよ……!!」

「慰めではない。お前は間違いなく、限られた状況下で最高の働きをしてくれたとも」

「ああ……？」

どういう意味だと眉を顰めるラルグの前で、彼の愛用している巨大な魔剣へ手を伸ばすルーカス。

その刃先……先端にほんの僅かに付着した血を拭い取ったルーカスは、それを虚空へ掲げて魔法を発動し……目の前に、異空間へと繋がる〝扉〟をこじ開けた。

「んな……⁉　お前、それは……⁉」

「以前、お前にも言っただろう？　人を捜す際、その人物の〝体の一部〟があれば、確実にその場所へ辿り着けると。それを使ったまでだ」

「体の一部って、血でもアリなのかよ⁉」

だったら最初から言えよと、ラルグは叫ぶ。

斬られた傷口が痛むのか、すぐに悶絶し始めた彼に、ルーカスはふっと微笑んだ。

「改めて言うぞ。よくやった、ラルグ。感謝する」

「………」

あまりにも真っ直ぐ告げられた感謝の言葉が予想外過ぎて、ラルグはポカンと口を開けたまま固まってしまう。

そんな彼を余所に、ルーカスは〝扉〟の中へ向かおうとして……そこへ続くように、ティニーが起き上がった。

「ルーカス様……私も、一緒に行きます……！」

「……大丈夫なのか？」

ルーカスの問いかけには、様々な意味が込められていた。

アリアドネと戦ったばかりで、ティニーの魔力はほぼ底を突いた状態だ。加えて、実の父親が親友を連れ去り、何かよからぬことを企てているという状況にショックを受け、今の今まで精神的にも参っていた。体もボロボロで、とても戦力にはならない。

だが、それでもと……普段通りの力強い眼差しでルーカスを見つめている。

「ラルグを見ていたら、少し落ち着きました。彼にだってやれることはあったんです……私も、アリアのためにまだ、できることがあるかもしれませんから……最後まで、戦います……!!」

「そうか。良い覚悟だ」

そう告げて、ルーカスはティニーの頭にポンと手を置いた。

普段あまりしないスキンシップにティニーが戸惑う中、ルーカスは今までにないほど決然とした表情を浮かべる。

「行くぞ、ティニー。アリアドネを助け、お前のしがらみにも決着をつけるぞ」

「はい……!!」

こうして二人は、アリアドネ救出のため、たった二人でベリル・エニクスが待つ異空間へ足を踏み入れるのだった。

「ここは……っ、アリア!!」

〝扉〟を潜って辿り着いたのは、まるで何かの儀式場のような空間だった。

石造りの床や壁面はどこかの建物の中のように思えるが、〝異界〟を切り取って生み出された異空間にある物は全て魔力で構成されているため、やはりどこか違和感を覚える。

そんな空間の中心に、一段高くなった祭壇があった。

そこにはアリアドネの他、十数名の――アリアドネと異空間で修行を続けていた生徒達の姿もあり、全員が気を失っていた。

思わず叫んでしまったティニーの声に、祭壇の前に立つ男が振り返る。

「む……まさか、こんなにも早くここを突き止められるとは思わなかったよ。そう焦らずとも、時が来ればこちらから出向くつもりではあったんだがな」

「っ……お父様……!! 一体何の目的でこんなことを!? アリアをどうするつもりですか!!」

これまで一度たりとも聞いたことがないティニーの怒声に、傍らにいるルーカスでさえ少しばかり面食らう中、当のベリルはさして気にした様子もなく語りだす。

「目的か。そんなもの、決まっているだろう? この国に生まれた人間であれば、誰もが一度は夢見るものだ。〝勇者になりたい〟……と」

「……は？」

彼が何を言っているのか、ティニーには全く分からなかった。

だが、ベリルはそんな娘の反応などお構いなしに、過去を思い返すように遠い目をする。

「私は、〝勇者〟になれるはずだった。才能に恵まれ、血の滲むような努力を重ね……あと一歩だったんだ。だが……学生時代最後の選定試験の直前に、長年の無理が祟って体を壊した。……バラードのやつと、決着をつけることすらできなかったのだ」

それは初耳だと、ティニーは少しばかり目を見開く。

父が勇者になれなかったことは知っていたが、そんな事情があったとは……と。

「勇者になるために努力を重ねたにも拘わらず、結局は勇者になることができず……積み重ねた実力さえも失った。この胸の空虚を埋める方法が分からないまま、私は当主として無為な時間を過ごしてきたよ。一時は、私の子を勇者にすることができれば、あの時果たせなかった夢を叶えることができるのではないかと思いもしたが……」

ジロリと、ベリルの鋭い眼差しがティニーを貫く。

怒りとも憎しみとも、あるいは羨望とも取れるその視線に、ティニーは僅かにたじろいだ。

「生まれてきた娘の力は魔族そのもので、勇者として盛り立てるにはあまりにも相応しくなかった。絶望したよ、運命はこれほどまでに私を勇者から遠ざけるのかと……けれどね、ある日気付いたのだ。これはもしかしたら、チャンスなんじゃないかと」

「……チャンス？」

「お前も知っているだろう？　勇者とは、〝魔王〟を打ち倒し、世界を平和に導いた者の証し……今の時代に〝魔王〟がいないからこそ、選定試験などという回りくどい手段で勇者を選ばなければならない。逆に言えば……」

ここに来てついに、ベリルの視線がルーカスへと向けられる。

狂気を宿したその眼差しに、ルーカスでさえ顔を顰めた。

「世界の平和を揺るがす〝魔王〟さえいれば……それを倒すだけで、私は〝勇者〟になれる!!」

「あぁぁぁぁぁぁ!!!?!?」

「っ、アリア!?」

気絶していたはずのアリアドネが、突如悲鳴を上げてのたうち回り始めた。

他の生徒達も次々と悲鳴を上げ始め、その体から魔力が勝手に抜き出され……全てがアリアドネの持つ聖剣へと集約していく。

「最初は、ティニーを魔王に仕立て上げるつもりだった。わざと冷遇し、世間の逆風に晒し、暗殺者を差し向け、世界への憎しみを募らせて。だが、まさか本当に、本物の魔王を召喚してしまうとはな!!　期待以上だ、素晴らしいぞティニー!!」

やがて、全ての力を吸収しきったアリアドネの聖剣を、ベリルの持つ〝本物〟の聖剣で折り砕く。

その瞬間、全ての力が聖剣を通じてベリルの全身を駆け巡り、彼自身の魔力と混ざり合って神々しいまでの輝きを放ち始めた。

「やっと……やっとだ!! 現代に蘇(よみがえ)った悪逆の魔王を、私の力で打ち倒す。そうすることで、私は真の〝勇者〟として王国史に名を残せるのだ!! ルーカス・アルバレア……予定とは少々場所が違うが、ここで死んでもらおう!!」

「……ふん、何が己(おのれ)の力で、だ。アリアドネやそこの勇者候補生達から、〝聖剣〟の力でありったけの魔力を搾り取って……それがお前の力だと?」

「ほう、よく見抜いたな。その通りだ」

聖剣の力は、所有者の魔力を強制的に吸い上げ爆発的な威力の魔法を放つこと。その能力を利用し、他者の魔力を吸い上げて自身の力とすることをベリルは考え付いたのだ。

当然ながら、そんな真似をすれば吸い上げられた人間はただでは済まない。

ベリルの放つ光が収まっていくのに合わせ、生徒達の悲鳴も小さくなり……やがて、何も聞こえなくなってしまった。

「アリア……アリア!!」

ついに堪えきれなくなったティニーが、アリアドネの元に走り出す。

意外にも手を出さず、成り行きを見守るベリルの傍で、ティニーはアリアドネの肩を揺さぶった。

「アリア……お願い、目を開けて、アリア……!!」

だが、アリアドネはティニーの呼びかけに、何の反応も示さなかった。

目も開けず、口も開かず……呼吸も、心臓の鼓動さえ止まってしまったその姿に、ティニーは声を震わせる。

「嘘(うそ)、だよね……？ アリア、起きてよ……ねえ、アリア……!!」

「麗しい友情だな。あれほど周囲から嫌われていたお前にも、それほど大切に想える友人がいたことを、父親として嬉しく思う」

泣き崩れるティニーに、ベリルは穏やかな表情でそう告げて……無造作に、手にした聖剣を振り上げた。

「安心しろ、お前もすぐにアリアドネと同じところに送ってやろう」

「っ……!!」

アリアドネを庇うように覆(おお)いかぶさり、迫りくる斬撃から物言わぬ骸(むくろ)を守ろうとする。

そんなティニーを、容赦なく切り捨てようとして……突如襲い掛かってきた魔法を回避すべく、大きくその場から飛び退いた。

「……不思議なものだな。勇者に殺意を向けられても、住んでいる城を吹き飛ばされても、いくら罵倒の言葉を並べられようとも……さほど感情が動くことなどなかったというのに。お前の言動の一つ一つが、俺を妙に苛立たせる」

ベリルが顔を向けた先では、ルーカスが手にした魔剣の切っ先を向け、ゾッとするほど冷たい眼差しで自身を睨(にら)んでいた。

視線だけで魂まで凍てつくようなその圧力に僅かにたじろぐベリルだったが、そんな自分を誤魔化(ごまか)すように不敵な笑みを浮かべる。

「ふふふ……苛立つか、自分に並び立つ存在が本当に現れれば、そのような反応になるのも無理はない」

「……並び立つ？　お前が、この俺にか？」

「当然だろう、私は既に、かつてお前と戦った〝勇者〟ガルフォードを遥かに凌ぐ力を手に入れた!!」

エニクス家は、勇者の直系として他の貴族……王族すらも知らないほどに深く、ガルフォードについて知り尽くしていた。

彼の身に宿っていた魔力量は、現代の魔法使い達と比べてさほど大きな差がないこと。

御伽噺(おとぎばなし)に出てくる強大な魔法の数々は、聖剣に自身の寿命のほとんどを捧げた結果使うことができた、文字通り捨て身の力だったということを。

「長年にわたる聖剣の研究によって、私はレプリカの製造に成功した。このレプリカが吸い上げた魔力は、全て〝本物〟に集めて私の力とすることができる」

特別感を演出するため、本物の聖剣そっくりの見た目に作られたものはアリアドネが持っていたそれ一本だが……ベリルは、他の生徒達にも見た目が異なる聖剣のレプリカを渡し、アリアドネと激しい修行を積ませることで大量の魔力を集めたのだ。

それを今、ベリルは全て自らの身一つに宿した。

勇者候補生に名を連ねるほどの優秀な生徒十数名が、その命の限りを尽くして高めた魔力の全てを。

「ただ一人、ガルフォード・エニクスの命一つで魔王に対抗してみせたのだ。今の私は、その十数倍の命を対価にここに立っている！　もはや伝説の勇者の力など、とうに上回ったに決まっているだろう‼」

「っ……‼　そんな……そんなことのために、アリアを……‼」

涙を浮かべ、ティニーは憎き仇となった父を睨み付ける。

だが、当のベリルはそんな娘からの憎悪などそよ風とばかりに受け流し、聖剣を構えた。

「お前には分からなくても仕方がない、そういう教育をしてきたからな。だが、他の王国民なら誰もが納得し、言祝ぐだろう。私という存在を、新たな勇者の誕生を‼　そのための糧となって再び滅ぶがいい、魔王よ‼」

聖なる光が剣先に宿り、異空間を煌々と照らし出す。

その圧倒的な魔力量に、ティニーは浮かべていた憎悪さえ忘れるほどの恐怖を抱き、震え出した。

「《聖剣(エクスカリバー)》!!」

世界が壊れる音というものを、ティニーは初めて耳にした。

ベリルが聖剣を振り下ろした瞬間、そこから放たれた魔法によって異空間が砕け散り、辺り一面真っ暗な世界へと放り出されたのだ。

ここがルーカスの言っていた〝異界〟なのだろうと、ティニーは察したが……だからといって、どうすることもできない。彼女には、空間へ干渉するような魔法は何一つとして使えないのだから。

(結局私は、何もできなかった……)

無理を言ってここまでついてきたというのに、アリアも助けられず、ただ泣き喚いて異空間の崩壊に巻き込まれただけ。これではアリア達も自分も助からないだろうと考えて……その発想に少しばかり笑ってしまう。

心のどこかで、ルーカスならばあんな状態からでもアリアドネを蘇生できるのではないかと期待していたのだ。

(でも、こうなったらもう、それも無理……せめて、ルーカス様だけでも無事で……)

「おい、もう諦(あきら)めたのか?」

「えっ……」

そんな声が聞こえると同時に、漆黒の世界が一面の光に包まれる。

気が付いた時、ティニーはいつの間にかしっかりとした地面の上に立っており……周囲を見渡して、ようやくそこが勇者学園の闘技場だと理解した。

「なんだ!? こいつら、急に……」

「ルーカス・アルバレア!! それに……ベリル・エニクス様!? なぜここに!!」

闘技場に残っていた教師達の驚きの声が響く中、少し驚いた様子のベリルと、無傷のまま対峙(たいじ)するルーカスの二人が視界に入る。

そんな状況で、教師達には一瞥もくれずにベリルは口を開いた。

「まさかあれで無傷とは。お前に魔法が届くよりも先に、異空間の方が耐え切れなかったようだな……しかも、都合よくあの場にいた全員が現世に落ちるなど、運の良い奴(やつ)め」

「本当に、その程度の認識しかないのであれば……やはりお前に、〝勇者〟を名乗るのは早すぎるな」

「……なんだと?」

ぴくりと、ベリルの眉が吊り上がる。

そんな彼に、ルーカスはすっかり興味の失せた瞳で断言した。

「お前ではガルフォードどころか、ティニーやアリアドネ、ラルグにも遠く及ばん。根本から鍛え直せ」

「……は、ははは……面白い冗談だ」

こればかりは、ベリルに同意するしかないとティニーでさえ思った。

伝説のガルフォード・エニクスだけなら、まだ分かる。しかし、アリアドネやティニー……ましてラルグと比較して今のベリルが劣っているなど、そんなことがあるはずがない。

ベリル自身も、それを最大限の侮辱だと受け取ったのだろう。怒りの形相で聖剣を構える。

「ならば今度こそ、お前を塵(ちり)も残さず消し去ってくれる!!　《聖剣(エクスカリバー)》!!」

怒りのせいか、周囲に教師達がいるにも拘わらず、容赦なく光の斬撃を放つベリル。

それは、真っ先に目の前に立つルーカスへと襲い掛かり――パンッ、と。

ルーカスが軽く手を払っただけで、消滅した。

「……は？」

何が起きたのか、理解できた者は誰一人としていなかった。

状況についていけないまま、突如自分達ごと全てを葬り去らんばかりの魔法を放つところを目にした教師達も。一度は同じ魔法を目の当たりにし、今度こそ死を覚悟したティニーも、誰一人。

唯一、それを為(な)したルーカスだけが当たり前のように立ち続けている状況に、ベリルは歯を食いしばった。

「ッ……!!　たまたま、魔法が少し失敗しただけだ!!　今度こそ……!!」

まるで自分に言い聞かせるように叫びながら、ベリルは立て続けに同じ魔法を放った。

一撃一撃が、この場にいる人々どころか勇者学園全てを消し飛ばしかねないほどの破壊力を秘めた斬撃を、聖剣を振るう度に連発する。

しかし……そのうちの一発たりとも、ルーカスはもちろん、周囲にそよ風ほどの被害すらもたらすことができない。

あまりにも信じがたい光景に、誰もが口を閉ざす。

「バカな……バカな、バカな!! あり得ない、私は伝説の勇者を上回る力を手に入れたはずだ!! それなのに、どうして通じない!?」

事ここに至っては、魔法の失敗などという言い訳もできず、狂ったように魔法を放ち続ける。

防がれるでも、回避されるでもなく、反撃すらしようとしない。その価値すらないとばかりに、ただひたすら片手で次々と己の攻撃が払いのけられていく。

認めがたい現実を否定するように、ベリルは全身全霊を込めた魔法を放った。

「《聖炎双剣（エクスカリバー・プロミネンス）》ウウウウ!!!!」

アリアドネが磨き上げ、そっくりそのまま奪い取られた魔法。光と炎が混ざり合った白焔の一撃に対し、ルーカスはついに片手すら使うことなくその身で受け止め――

傷一つはおろか、身に纏う制服に焦（こ）げ目さえ付けることも敵（かな）わなかった。

「バカな……あり得ない……我が家に遺されてきた情報が、私の長年の研究が間違っていたというのか……⁉」

勇者を超える力を手に入れたはずだった。

だが、これほどまでの格の違いを見せつけられては、認める他ない。数多の命を代価に力を得た今の自分でさえ、伝説の勇者には及ばないのだと。

自分には――勇者たりえる才能は、なかったのだと。

「……一つ、勘違いしているようだから教えてやろう。お前は何も間違っていない、今のお前は間違いなく千年前の勇者……ガルフォード・エニクスよりも強大な力を持っている」

「……何を、言っている？」

「お前だけではない。アリアドネも、ティニーも……ガルフォードよりずっと強い力を持っている。お前達人間が、千年かけて積み上げた研鑽の結果だろうな……お前達に比べれば、ガルフォードが使っていた魔法などまさしく児戯だろうさ」

ルーカスの口にした言葉の意味が、ベリルには理解できなかった。

伝説の勇者より、強大な力を持っている？

千年の研鑽が、既に代償など用いずとも勇者を超える力を人々に与えている？

ならば、なぜ。

「なぜ……私の魔法がお前に通じない⁉　私よりも弱かった千年前の勇者が、どうやって貴様に傷を負わせたというのだ⁉」

「さて……なぜだろうな。俺にも分からん」

惚けているのではなく、本気で分からないと……なぜか嬉しそうにルーカスは語る。

過去を懐かしむように目を細め、まるで千年来の旧友について口にするかのように。

「俺とガルフォードの力の差は歴然だった。あいつがこの俺に勝利するどころか、傷一つ負わせられる可能性さえ、那由他の果てにあるかどうかも分からないほどに。……だが、それでも奴は諦めなかった」

その瞬間、ルーカスの全身から絶大な魔力が噴き上がった。

太陽の光すら全て呑み込むほどの深淵が辺り一面に広がり、空を覆い尽くす。

まるで神そのものの降臨を目の当たりにしたかのような圧力に、対峙するベリルはもちろんのこと、外野の教師達でさえ恐怖のあまり腰を抜かし、動けなくなる。

「分かるか？　奴の成し遂げたことが、どれほど凄まじい偉業だったのか。お前達が今感じている〝それ〟を遥かに上回る差を実感しながら、それでも微かな勝機を信じて幾度となく立ち向かい、ついにこの俺に傷を負わせたガルフォードの〝強さ〟が」

頬に残った小さな傷跡を、ルーカスはそっと撫でる。

そもそも、今彼が活動しているその肉体は、転生後に一から作り上げたものだ。傷跡など、消そうと思えばいくらでも消すことができる。

それでも、ルーカスはその傷を消さなかった。

これは、ガルフォードの剣が間違いなくこの〝魔王〟に届いたという証しなのだから。

「分かったのなら、もう一度立ち向かってくるがいい、ベリル・エニクス。お前の力であれば、腕の一本くらいは持っていけるはずだ。ガルフォードを超えた真の勇者を名乗ろうというのなら、奴と同等の奇跡くらい起こしてみせろ‼」

「ひ……ひぃぃ……⁉」

ベリルの戦意は、とうにへし折れていた。

ルーカスとの間に隔たる残酷なまでの格差を実感し、抗う意志など欠片（かけら）も残らなかったのだ。

そんな彼の様子を、ルーカスは失望の眼差しで見つめ……ティニーと共に買った魔剣ではなく、自らの〝剣〟を生成した。

千年前、自身の魔力を極限まで鍛え上げて作り上げた魔族としての剣。ただひたすらに硬く、〝魔王〟の力を受け止めてなお折れないという一点のみを突き詰めた剣を。

「……最期はせめて、〝魔王〟の一撃で終わらせてやろう。自分自身の過ちを、魂の髄まで刻み込むがいい」

漆黒の剣を、空へと掲げる。

魔法も何もない、ただ魔力を込めて振るわれただけのその斬撃が、世界に一閃の黒を引いた。

「《魂崩壊（ソウルブレイカー）》」

悲鳴もなく、命乞いすらも口にできないまま、ベリルは倒れる。

まるで魂ごと砕かれたかのような……にも拘わらず体は無傷という、奇妙な状態のままピクリとも動かなくなった彼に一瞥もくれず、ルーカスは足元に転がった聖剣を拾い上げ、踵を返した。

「ルーカス様……」

向かった先は、ティニーの元。未だ物言わぬ無惨な姿となったアリアドネを守るように寄り添う彼女に、ルーカスは言った。

「少し離れろ、ティニー。今からそいつらの蘇生を行う」

「っ……まだ、助けられるのですか⁉」

「いくら俺でも、死者を生き返らせることは不可能だ。だがそいつらはあくまで、この剣にありったけの魔力とともに魂を抜き取られただけ。剣の中でそれらが溶けあい原型を失くす前に元に戻せば、助かるだろう」

倒れた生徒達の上に、聖剣を向ける。

ふわりと光が灯ったかと思えば、その光は徐々に大きくなり……いくつもの欠片に散って、宙へと舞った。

「呼びかけてやれ。たった一人でも無事に〝還れる〟者が出れば、他の魂も自ずと後に続くだろう」

「はい……‼」

ルーカスに言われてすぐ、ティニーはアリアドネの手を握った。

すっかり冷たくなったその体に、自らの体温を移すように、強く。

「アリア……お願い、目を覚まして……！　私、まだ……あなたに、謝りたいことも、話したいことも、たくさんあるの……だから……!!」

必死に祈りを捧げるティニーの姿に、自然と周囲が静まり返る。

一体、どれほどの時間が経ったのか。やはり無理だったかと諦めそうになる中で、やがて一つの光が吸い込まれるようにアリアドネの体へと戻っていった。

そして……ゆっくりと、その瞼を持ち上げる。

「ぅ……ティニー……？」

「あ、あぁ……アリアぁ……!!」

手のひらに、熱が戻る。

もう二度と会えないと思っていた親友が目を開けるのを目にしたティニーは、人目も憚らずに泣き崩れた。

「良かった……良かったよ、アリア……！　ごめん……本当に、ごめんなさい……うぅ、あぁ……!!」

「……謝るのは、私の方よ……ごめんなさい、ティニー……それから……あんたも」

魂が抜き出されても、一部始終何があったかは把握していたのか、アリアドネはルーカスの方へと目を向ける。

どこか憑き物が落ちたような……初めて目にする、穏やかな笑顔を浮かべて。

「助けてくれて、ありがとう……ルーカス」

「気にするな、俺はあくまで、自分の望みのために動いただけだ。お前を助けてくれとずっと願っていたのはティニーだ、礼ならティニーに言え。……何を笑っている？」

話の途中で小さく噴き出したアリアドネに、ルーカスは首を傾げる。

そんな彼に、アリアドネは「ごめんなさい」と呟いた。

「魔王って、血も涙もない化け物だと思っていたけれど……随分と、人間らしいところもあるんだなって、そう思っただけよ」

「……どういう意味だ？」

「素直じゃないなって言ってるのよ。口元、緩んでるわよ、嬉しいならそう言えばいいのに」

「むっ……」

アリアドネに指摘され、思わず口元に触れるルーカス。

しかし、直後にアリアドネが益々笑い転げる姿を見て、すぐにその表情を苦笑へと変えた。

謀ったな、と。

「ごめんなさい。でも、感謝してるのは本当よ。私を……みんなを助けてくれて、ありがとう」

話し込んでいる間に、ルーカスが言った通りに次々と生徒達が目を覚まし始めていた。

それを眺めながら、ルーカスはふっと微笑み……もう一度、同じ言葉を口にする。

「気にするな、俺はあくまで、自分の望みのために動いただけだ」

こうして、〝勇者〟の妄執に囚われた一人の男による一連の事件は、終息の時を迎えるのだった。

エピローグ

当然だが、勇者選定試験は中止となった。

〝勇者〟になるためにルーカスを〝魔王〟に仕立てあげ、それを打倒するという盛大なマッチポンプを演じたベリルの暴挙は、彼が勇者の末裔という重要な立ち位置を占めることもあって隠蔽され、表向きには試験中の事故に巻き込まれたという形になっている。

そして……事件の後、長きにわたる取り調べから解放されたルーカスは、出迎えに来たティニーと並んで学園への道を歩いていた。

「やれやれ、まさか丸一ヶ月も拘束されることになるとは思わなかったぞ。俺は囚われの生徒達を救っただけだというのに、酷い話だ」

「お疲れ様です、ルーカス様。ご無事で何よりです」

肩を回してわざとらしく疲れを滲(にじ)ませてみせるルーカスに、ティニーは甲斐甲斐しく世話を焼こうとする。

軽い冗談のつもりだったのだが、と苦笑を浮かべながら、ルーカスは話題を切り替えることに。

「それで、学園の様子はどうだ。少しは落ち着いたか？」

「はい。ルーカス様のお陰で一人も死者が出ませんでしたし、みんな少しずつ回復に向かっています。まだ魔力が回復しきらないっていう後遺症はあるみたいですが……」

「仕方あるまい、魂の回収はできたが、魔力の大部分はベリルに持っていかれていたのだからな。完治までにはもう少しかかるだろう」

アリアドネや、彼女と共にベリルの下で修行していた生徒達は、魔力減衰による後遺症に苦しんでいた。

後遺症といっても、あくまで魔力の最大量が事件前と比べて大幅に減少したまま戻らないというだけで、日常生活に支障はないのだが……当然ながら、そんな状態では選定試験には出場できないだろう。

〝勇者〟は単なる称号ではなく、毎年開かれる平和記念式典、〝勇者祭〟の主役としての顔を持つため、空席のまま全員の回復を待つことなどできない。

必然、残ったメンバーだけで勇者選定試験を進めることになり——今日は、その決勝戦が開かれることになっていた。

「さて、奴（やつ）は優勝できるかな」

「ルーカス様に目をかけられておいて、優勝できないなどあり得ません。負けたら粛清します」

「相変わらずめちゃくちゃなことを言うなお前は」

苦笑を浮かべながら、ルーカスはティニーと共に学園の敷地内に入り、そのまま闘技場へ向かう。

ルーカスは、取り調べのために選定試験は途中棄権という形になった。

ティニーもまた、アリアドネがいない以上勇者の称号には興味はないと、不戦勝の権利を放棄して辞退している。

では、現在決勝争いをしている〝奴〟とは誰かといえば、それはもちろん——序列百位、前評判では最低評価だったラルグだった。

「うおぉぉぉぉ!!」

観客席に足を踏み入れてみれば、白熱した勝負に沸く生徒達の姿が視界に飛び込んできた。

そんな生徒達が目を向ける先で、ラルグは大剣を手に大立ち回りを演じている。

彼もまた、ベリルに戦いを挑んで大怪我を負っていたはずなのだが、その影響は全くないらしい。タフな奴だと、ルーカスは笑った。

「この勝負、お前はどう見る、ティニー?」

「普通に考えれば、ラルグに勝ち目はないと思われます。かなり実力差がありますから」

ですが、とティニーは言葉を重ねる。

「この決勝に至るまでの相手も、全てラルグからすれば格上でした。その悉くを打ち倒してきたラルグなら……番狂わせは十分あり得るのではないかと」

「同感だ。奴ならば、十分に逆転も可能だろう」

囚われの身となったまま、遠見の魔法でしっかりとラルグの試合を見続けていたルーカスもまた、ティニーの予想を肯定する。

そして、そんな二人の考えは正しいと証明するかのように、一度は追い込まれたラルグが驚異的な粘りを見せ、ボロボロになりながらも勝利を掴み取って見せた。

選定試験直前に序列外に落ち、ギリギリの順位で復帰してから叩き出した驚異の逆転劇に、観客達は大いに沸き立ち、盛大な拍手を送っている。

それに交ざって、ルーカスもまた同じように、ラルグへと拍手を送っていた。

「……ルーカス様、ありがとうございます」

「む？　何がだ？」

「父を殺さなかったこと。あんな屑でも……やっぱり、生きていると知って少しホッとしましたから」

「……あれを生きていると評するとは、やはりお前は変わっているな」

ティニーの感謝の言葉に、ルーカスは苦笑を返した。

ルーカスの一撃で、完全に絶命したかのように見えたベリルだが……実はまだ生きている。

とはいえ、その魂に深い傷跡を刻み込まれたため、ほぼ廃人になったも同然だ。意識を取り戻すかどうかも分からず、仮に戻ったとしても二度と魔法は使えないだろう。

だが、それでも十分だとティニーは言った。

「ルーカス様、言っておられましたよね。もし父が自分に向き合い、生きる意志を持って立ち上がることができれば、魂を修復して目を覚ますことができるはずだと」

「ああ、心が折れたままでは不可能だが、俺に対する恐怖を乗り越えられれば問題ない」

「ならば十分です。アリアのこともありましたから……私はもう、自分に嘘は吐かないことに決めたんです」

「そうか」

以前にも増して力強い意思を示すようになったティニーを、少し微笑ましげに見つめるルーカス。

そうしていると、どこからともなく元気な少女の声が聞こえてきた。

「あ、ちょっとあんた達、そんなところに！　ラルグの試合、ちゃんと見てたの？　凄かったわよ、あいつ！」

「アリアドネ。後遺症はまだ残っていると聞いていたが、その様子だと問題なさそうだな」

ルーカス達の存在に気付くや否や、席から立ち上がり駆け寄ってくる。

以前までの彼女からは考えられないほど好意的な態度にそう返すと、アリアドネは困ったように顔を顰めた。

「これでも結構苦労してるのよ？　ずっと体は怠いし、うちの親も今すぐ家に帰って来いってうるさいし……全く、あんなに勇者勇者言ってたのに、まさか選定試験の真っ最中にあんなこと言いだすなんてね」

今まで一人で肩肘張ってたのが馬鹿（ばか）みたい、とアリアドネは溜め息を溢す。

言葉の内容とは裏腹に、どこかスッキリとした嬉しそうな表情の彼女に、ティニーも釣られて笑みを浮かべた。

「何よ、何笑ってるのよティニー」

「ううん、何でもない。アリアが元気そうで良かったなって」

「ほぼ毎日同じセリフを聞いてる気がするんだけど。いい加減それで誤魔化（ごまか）されると思わないでよね」

相変わらず辛辣な、けれど温かみの籠（こ）もった二人のやり取り。そうこうしている間に、闘技場の中心で歓声を受けていたラルグが三人に気付いたのか、「どうだ見たか」と言わんばかりに拳（こぶし）を突き上げているのがルーカスの目に入った。

その姿はボロボロで、鼻血まで流し、とても格好良いとは言い難（がた）いが……それを情けないなどと言う者は、誰一人としていない。誰もが彼の成し遂げたことを言祝ぎ、次は自分もあんなふうに、彼の後に続いてみせると希望を胸に抱いている。

「……ガルフォードの言っていた〝人の力〟というのは、これのことだったのかもしれないな」

「ルーカス様、どうかされましたか？」

「いや、何でもない」

ティニーの問いかけにそう答えつつ、ルーカスは話題を逸らすように殊更大きな声で口を開いた。

「さて！　勝利を掴んだ新たな勇者に、俺も直接言葉をかけてやるとしよう。お前達も来るか？　ティニー、アリアドネ」

「はい、もちろんです」

「当然でしょ、来年はあいつをボコボコにして、絶対に私が勇者になるって宣戦布告してやるわ」

二人の少女を引き連れて、ルーカスは歩いていく。

〝魔王〟ではなく、〝友人〟として。彼の勝利を祝うために。

◆◆◆

「あー、酷い目に遭ったわい、まさかベリルが観客席ごと爆破するなどというやり方で、わしの無力化を狙ってくるとは思わなんだよ」

既に草木も眠りについた時間帯、勇者学園の学長室にて。部屋の主たるルグラン学園長は、体の包帯を苛立たしげに外していた。

相当な重傷を負った、ということであの爆発以降は姿を消していたのだが……包帯の下には、何の傷も負っていない。

「まあ、わしがいたら奴の計画の邪魔になるし、仕方ないといえば仕方ないがの」

ルグランが得意とするのは空間魔法だ。もし五体満足で残しておけば、アリアドネを洗脳状態にある他の生徒達もろとも闘技場から攫った際に、その痕跡を辿って準備が整う前に捕縛されてしまう可能性がある。

かといって、〝魔王を打ち倒した勇者〟という肩書を得るためには、大きな舞台でルーカスに化けて大事件を起こすという〝前振り〟が不可欠だ。となれば、狙うのは選定試験か平和式典の二択――〝勇者になる〟という目的を考えれば、どうしても選定試験を狙うしかないので、やはりルグランを最初に狙うというのは理に適っていると言えるだろう。

全く迷惑な話じゃ、と肩を竦める彼女の様子を見て、養護教諭のオリエントは溜め息を吐いた。

「全く……彼があんなとんでもない事件を計画しているなら、教えてくれても良かったんじゃないですか？　私、本当に死ぬかと思いましたよ」

「いやいや、言っておるだろう、わしもあれは予想外じゃったよ」

「やり方が予想外だっただけで、ああいうことを企んでいることは知っていたんですよね？」

苛立ちを隠そうともしないオリエントの苦言を、ルグランは笑って流すが……否定はしなかった。

そう、ルグランは、最初からベリルの企みを見抜いていた。

見抜いていながら、放置していたのだ。そのことを、オリエントは怒っている。

「ははは、お前は殺しても死なんじゃろう？　そう気にするな」

「気にしますよ。私は死ななくても、私を慕ってくれている生徒達はそうではないんですから」

「お前が死ななければ、そんなことにもなるまい。実際、全員助けたのだからな、お前は」

それはそうですけど、とオリエントは口を尖らせる。

なぜ明らかな致命傷を受けながら、オリエントは死ぬことなく生き延びられたのか。

なぜルグランは、ベリルの企みを知りながら、それを放置したのか。

その理由は――

「学園長は……今も諦めていないのですね。魔王の復活を」

「当然じゃろう？　この世界でわしら魔族が堂々と生きる権利を手に入れるには、魔王の存在は必須なのじゃからな」

彼女達が、魔族だからだ。

それもティニーのような突然変異の〝雑種〟ではなく、正真正銘の生き残り。

そんなルグランの言葉に、オリエントは目を伏せた。

「私は別に、今のままでも……」

「分かっておる。だから今回、お前にはわざと何も伝えなかったんじゃ。余計な気を回して、疑われたりせんようにな」

今回は裏目に出てしまったようじゃが、とルグランは少しだけ申し訳なさそうに肩を竦める。

この時代、魔族はそのほとんどが死に絶えているが、完全に絶滅しているわけではない。

生き残った魔族は大抵が人里離れた秘境で身を隠し、人を避けるように細々と生きているのだが……ルグランやオリエントは違った。

巧妙に正体を隠し、人の魔法を習得し、気の遠くなるような年月をかけてエルフとして信頼を築き……こうして勇者学園の長に選ばれるまでになっている。

全ては、魔王復活のため。

魔族が気兼ねなく生きる世界を手に入れるためだ。

「これはわしの個人的な我が儘（わがまま）……お前さんを巻き込むつもりはない、安心せい」

魔族にとって、安住の地というのは千年以上の永きにわたって求め続けてきた悲願だ。

今や大陸全てを支配する人類からそれを手に入れるためには、圧倒的な力がいる。

世界の全てをたった一人でひっくり返せる、〝魔王〟のような強大な力が。

そのために、ルグランはずっと研究を続け、準備してきた。

ティニーが魔王復活の儀式を完遂できるように、密かに情報を流した。

魔王を自称する生徒が現れたと聞いてからは、ベリルの計画が上手く運ぶように手を回し、実行段階ではマーマンを動かしてサポートした。

ルーカスとベリルが、全力で戦える場を用意するために。

ルーカスが本物の魔王であると、確信を得るために。

「ベリルのお陰で、彼が本物だと確信を持つことができた。……魔王、ルーカス様……わしはこの時を、千年待ち続けていたぞ」

窓から夜空を見上げたルグランを、月の光が照らし出す。

長い耳は普段通り。しかし、今の彼女の頭には、明らかに人とも、エルフとも異なる特徴があった。

羊のようにねじれた、漆黒の角。魔族の中でも特に強大な力を持つ、悪魔族のみが持つその角を晒しながら、ルグランは恍惚とした表情で呟いた。

「今度こそ……ルーカス様の御力で、この地上に魔族の楽園を築こうぞ」

あとがき

皆さんの世界に昼夜の違いがあろうとなかろうと、おはよう、こんにちは、こんばんは！ジャジャ丸です！

はい、私最近は崩壊スターレイルというソシャゲにハマっておりまして、この挨拶はそちらのネタです。とても面白いので皆さんやりましょう。

などと作品と全く関係のない謎の宣伝を挟みつつ、今回の私の作品の話に移りましょう。こちらの作品、これまたド直球に王道なヤツです。

前回の作品もそんな感じでしたが、懲りずに書いたら編集会議を無事に通過していました。正直企画を出した私自身が一番通ったことに驚いております（待て）。

誰にも負けない最強無敵の魔王様に、世界で唯一傷を負わせた人間の勇者。どれほどの力の差があろうと決して諦めることなく戦い続け、あり得ない奇跡を手繰り寄せた伝説の男。

そんな彼に誰よりも強く惹かれ、憧れたのは、勇者を打ち破ったはずの魔王であり、その強さの真髄を知ろうと人に転生する……という感じのお話となっております。

なので今作の主人公ルーカス様は、伝説を継ぎ勇者を目指す人間の誰よりも強火の勇者ファンであり、人間大好きです。本人に自覚は全くありませんが。

あまりにも長すぎたボッチ期間の長さがコミュニケーション不全を起こして周囲の人々をナチュラルに煽り散らしたりもしますが、本当は大好きなんです、信じてあげてください。

というわけで、そんなルーカス様が勇者勇者言いながら暴れ回る今作品、少しでも楽しんで頂けましたら幸いです。

ここからは謝辞です。

今回の企画立ち上げに当たってたくさん意見をくださった担当のS様、ありがとうございました。また、何度目かの東京遠征で迷子の心配をしていただいたりしましたが、もう大丈夫です!!　次は確実に時間通り辿り着いてみせます!!

素敵なイラストを描いてくださったイラストレーターのチワワ丸様も、ありがとうございました。ふわっふわのイメージしかない私のキャラクター達をとってもカッコよく、可愛く描いてくださったことで、この作品はまた一つ上のステージへ上がれたように思います。

そして、この作品を手に取って頂いた全ての読者様も、ありがとうございます。

また次の一冊で皆さんとお会い出来る日を楽しみにしております。それでは!!

ファンレター、作品の
ご感想をお待ちしています

〈あて先〉

〒105-0001
東京都港区虎ノ門2-2-1
SBクリエイティブ（株）
GA文庫編集部 気付

「ジャジャ丸先生」係
「チワワ丸先生」係

本書に関するご意見・ご感想は
右のQRコードよりお寄せください。

※アクセスの際や登録時に発生する通信費等はご負担ください。

https://ga.sbcr.jp/

転生魔王と勇者候補生の学園戦争
～伝承の魔王様は千年後の世界でも無双するようです～

発　行　2024年11月30日　初版第一刷発行

著　者　ジャジャ丸
発行者　出井貴完

発行所　SBクリエイティブ株式会社
〒105-0001
東京都港区虎ノ門2-2-1

装　丁　AFTERGLOW

印刷・製本　中央精版印刷株式会社

ISBN978-4-8156-2480-4
Printed in Japan　GA文庫

試読版は
こちら!

無能の悪童王子は生き残りたい　～恋愛ＲＰＧの悪役モブに転生したけど、原作無視して最強を目指す～

GA文庫

著：サンボン　画：Yuzuki

「主人公、覚悟しておけ。この力で作られた未来（シナリオ）を変えてやる」

気付いたら好きだった恋愛ＲＰＧの世界だった。だが、転生したのはヒロインを婚約破棄し、破滅エンドを迎える『無能の悪童王子』ハロルド。しかも、設定で魔力を一切発揮できず、主人公に敗れるやられ役（モブ）。

だが、今回は違う。まずはヒロインへの婚約破棄をやめ、自身の育成に着手。さらに原作とは違う武器を手に入れ、使えなかった膨大な魔力で周囲を圧倒！ただ強さを追い求めるその姿に、気付けば他のヒロインからも注目される存在になり……

ＷＥＢで圧倒的人気を誇る悪役転生ファンタジー、堂々開幕!!